前々世から決めていた

今世では花嫁が男だったけど全然気にしない

登場人物紹介

zenzense kara kimeteita

ケリー

ラードリュー王国の近衛騎士。
ロアンシュール侯爵ラルスランス家の三男。
従者のオリオと共に王国東北の闇の祠に旅立つ。

ラドネイド

ケリーの前に現れた謎の美青年。
『相談役』として国王に重用されているが、
その出自については知られていない。
初対面のはずのケリーに対して好意を隠さない。

オリオ

ケリーの従者。
闇の祠への旅路にも同行する忠義者。

CHARACTERS

CHARACTERS

国王

ラードリュー王国の国王アンドリュード。
権威を取り戻そうと地底の神(闇神)と交流を望む。
ケリーを闇の祠に派遣する。

マルコ

ケリーの領地であるアンシュリー男爵領の農家。
領主館に小麦粉を納品している。
一領民ながら、領主のケリーとは顔見知り。

サルバル・ドンス

闇の眷属討伐のために出撃した討伐者。
天上界におわす天神を信仰する信徒。

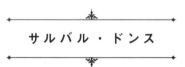

目次

第一章　闇の祠

第一話　縁の巡り

【晩秋　王国東北地方　祠《ほこら》への道】

秋深い王国東北の道は、端にならんだ林の葉が落ちて寒々しい景色をより一層深めている。黄色や赤の彩りは消え、空は灰色、大地は茶色と黄土色。だんだんと日が落ちて黒色になろうとしていた。

「ケリー様、ヤドン子爵の館が見えてきました」

「ああ、そうだな」

人影の少ない林道を騎乗して走らせていたアンシュリー男爵ケリーは、後ろから従者に声をかけられて返事をした。

遠方への任務での宿は、その地方の貴族の邸宅に世話になることが多い。

ケリーはロアンシュール侯爵ラルスランス家の三男で、ラードリュー王国の王家に仕える近衛騎士となって二年目の二十歳だった。

フードから覗く前髪はふんわりした素直な金髪で、瞳は青い。

白い肌に金髪碧眼は地神に祝福されし大陸に住まう人族の典型的な特徴だった。

ケリーはその青い目を細めて遠くを見た。目的地はまだ先だ。

ここよりずっと黒くて暗くて、闇の深い場所だ。鎖帷子《くさりかたびら》に外套をまとった鍛えた体が一瞬震えた。剣士が剣を帯びていてもくる底知れぬ恐怖というのは、心が弱いだけなのか、嫌な予感というやつなのか。

『この任務をお務めになられたならば、あなた様の尊い犠牲により、この国はきっとよくなりましょう』

ふと、今回の任務を授けられた謁見の間から下がったあと、宮中の隅で老いた占石術師《せんせきじゅつし》から言われたことを思い出した。

（私が犠牲になるほどの危険な任務だというのだろうか。だから私は内心怖がっているということか？　しかし、それで国がよくなるならば、私は自分の命を惜しむまいぞ）

灰色の雲に混じる黒い雲を睨み、ケリーは馬を速めた。


一晩の宿を借りるヤドン子爵は中年のよくいる俗物だった。

在宅していた子爵本人がふたりを出迎え、男爵であるケリーだけが晩餐に招かれた。そこで宮中や国内貴族の揶揄《やゆ》とも陰口ともつかない人物評や各家の情勢を喋る独演会を聞かせられた。

「アンシュリー男爵のお父上たる侯爵は、実に目配りのきいたお方だ。領地の領民が逃げ出したという噂も聞きませんな。我が領地は『闇の祠』があるせいか、気味悪がって時々領民が他領地に逃げるのですよ。それを見つけ、連れ戻すのが大変でしてね。いえ、これも領地を拝領した者の務めです」

「ええ、おっしゃる通り。お気持ちお察しします」

たった一晩の付き合いで、子爵と口論しても仕方がないのでケリーは毒にも薬にもならぬ返事をしておく。

国境寄りのヤドン子爵の領地は、不毛の地というわけでもない。実際、館の設《しつら》えはしっかりしており、修繕も目が行き届いている。なにより調度が真新しく豪華だ。かなり金をかけているのだろう。晩餐の料理も充実していた。

郷土料理であるパイも、野菜と肉類でそれぞれ六種類もある。

貴族は見栄もあるから客人に供する料理は豪華にするものの、その内容はやりすぎともいえた。

(これでは、領民も逃げ出すだろう)

領民たちがかなり領税を搾り取られていることはうかがえる。しかし、領税は領主に権利がある。そこから国に税を納めれば、国からのお咎めはない。

(……何もこの領地だけのことじゃない。どこもかしこも、この国の領の統治はタガが外れている。是正できないことが問題だ)

ケリー自身男爵領の主だが代官に任せきりの身だ。自分の足下さえこの状態で他領地に口を出せるわけもない。ましてや国政になぞ、という話だ。

いますぐ解決することでもないと、もやもやする胸の内をなだめ、案内された二階の客間で椅子に腰を落とした。首元の飾り布を緩め、息を吐く。

晩餐に招待されて、風呂に入り鎖帷子から着替えて参加した。民宿であればこういった着替えも必要ないが、貴族の館だとそういうわけにもいかない。

食卓の会話で気になったのは、

――我が領地は『闇の祠』があるせいか、気味悪がって時々領民が他領地に逃げるのですよ。

というあたりだ。

闇とは地底を司る闇神のことだ。『闇の祠』とは、地上と地底の出入口ともいえる。現在は使われていないとしても、いにしえにおいて交通があった場所である、ということになる。

(私が行ったところで、本当に闇神と……せめて闇族と渡りがつくのだろうか)

先日拝命した王命。それは『闇神から我が国への加護を得ること』だった。

従者の手を借りて、寝る用意をしながらケリーは内心いぶかしんでいた。

(我々には地上の神がおわすというのに、わざわざ闇神からも加護を得ようとは、いくらなんでも)

欲深い行為だと思う反面、国王、王家の苦衷も見えてしまう。年々権勢は貴族階級に移っている。

『国への加護』とのことだが『王家への加護』を狙ってのことなのだ。

整えていた短い金髪を、ケリーはくしゃっと乱して寝台の中に入った。

「ケリー様、お休みなさいませ」

「ああ、おまえも休んでくれ。明日は祠だ」

「はい」

父から付けられた忠実な中年の従者オリオは一礼して下がっていった。

＊

天上も壁も床も白い、重厚で煌《きら》びやかな王城の謁見の間。

ここに呼び出され、王命をくだされた時点で、すべては整っていた。

近衛騎士としてケリーは、兜を左腕に抱え片膝をついて拝命するしかない。

地上には地神を祀る神殿がある。他にも、地神ほど規模は大きくないが、天神と闇神の神殿もある。

このたびの命令に伴い、闇神の神殿から推薦された神官身分の占石術師が、地底にいる神の御意思を拝聴する使者として二十歳のケリーを選出したのだ。

どういった経緯でこういう手順となったのか、詳細はわからない。騎士としては主人からの命令を遂行するために知恵と勇気と行動力を示す時だ。これまで親の爵位は高いが若輩者として近衛騎士では下の方に位置していたため、ケリーとしては勇躍した気分となった。

白い頬を赤くして高揚したままケリーは御前を下がった。いつもより背筋が伸びて歩幅も広い。

（私は陛下より命をくだされた近衛騎士だぞ）

そのことだけは間違いがなく、五十代半ばとなっているラードリュー王国国王アンドリュードから直接声をかけられて浮かれていた。

肩で風を切って宮中を歩いていると声をかけられた。か細いのに、妙に耳に引っかかる声だった。

「騎士様」

近衛騎士の宿舎に向かっていたケリーは、宮中から外にある屋根付き廊下に出たところだった。王城の庭に植えられた黄色の葉も鮮やかな広葉樹を背にした小柄な老人が、黒い染みのように壁のそばに立っていた。

黒いフードから覗く髪も眉毛も白く、白い肌は皺だらけで目がわからないほどだ。

「はじめまして、騎士様。私は闇神神殿に所属する占石術師です」

「それでは、あなたが？」

さきほど拝命した闇神に関係する件に関わった人物なのだろう。ケリーは素早く察して近づいた。老占石術師は、フードを背中に落とし、残り少ない髪頭を下げ、数歩後退した。もしかしたら膝を曲げて後ろによろめいたのかもしれない。随分年老いて見えた。

「このたびの件を占ったのは私です。陛下の御下問に対し、石に問い、石を見つめ、石の声に耳を傾けました。これまでになく、はっきりと石は意思を示したのです。

この任務をお務めになられたならば、あなた様の尊い犠牲により、この国はきっとよくなりましょう。しかしまた、あなた様の過去の縁は深く結ばれることになります」

日頃喋ることが少ないのだろう、けして声は大きくなかった。秋晴れの野外、まだけして寒くない気候だというのに、ケリーの高揚で火照っていた体がすっと冷えた。

「私の犠牲？　過去とは」

「強い風が国に吹き、民草は喜ぶでしょう」

「それは喜ばしいことだ。それで、私の過去とは」

「あなたのご存じない過去世のこと。神々が手繰りした糸」

ますます言っていることがわからない。占石術は大いなる眠りの世界たる地底からの声であり、こたびは闇神からの示唆ではあるが、曖昧模糊《あいまいもこ》としていることはどの占いでも変わらない。

ケリーとしては初単独任務のための準備にすぐに取り掛かりたかった。近衛騎士団団長への報告と、侯爵家にも王都を離れる連絡を入れないといけない。だからケリーは、小柄でどこか不気味な老占石術師との会話を打ち切ることにした。

「では、私ではどうしようもないことです。さすれば、私はまず騎士として国を安んじるため行動しましょう」

「騎士様、どうぞ、ご健勝で」

「それでは」

ケリーは振り返らず、近衛騎士らしく見栄よい歩幅で廊下に戻った。前を向いた先に、外廊で繋がった向かいの棟の暗い入口、両脇に等間隔でならぶ白い柱と、緑の芝に散る黄色の葉が残像として視界に残った。

＊

ケリーは薄暗い天上を見上げていた。

（夜はまだ明けていないか……）

ヤドン子爵の館で晩餐後、客間の寝台の中に入ってから意識がない。

寝ていたあいだに謁見の間での拝命の高揚と、老占石術師の小さい黒い形を夢の中で振り返っていたことを悟った。

あの日は奇妙な明暗があった。

例えば、白い場内、白い柱、白い鎧。暗い入口、黒い老占い師。

明るい希望と黒い染み。

一度起き上がり蝋燭《ろうそく》に火を灯して寝間着姿の自分を見下ろした。

ゆらっと壁に何かが走り、鼓動が跳ねる。さっと目を走らせて、自分の影であることを確認する。

どうも、首の裏がピリピリとする。なだめるように首の裏を手の平でさすり、深呼吸して速くなっていた鼓動もゆっくり元に戻していく。

この任務のきっかけは国王か上層部の思惑だろうが、ケリーが関わることになったのはあの老占石術師が占った結果だ。

地上に住まう人族の占石術師は、より深い場所の石を求める。地底深くの石は、より深い、奥底の声を聞いている。

資料によれば、目指す先にある『闇の祠』は、三百年以上昔には地上と地底を繋ぐ交通路であり、あるのは『扉』であった。それが、塞がれたのかいつからか交通できなくなった。現在は扉らしきものがなくなり、先は行き止まりで『壁』になっているという。

そう、ただの洞窟、ただの闇神を偲ばせる『祠』となっているとのことだ。

闇神の信者が詣《もう》でるくらいがせいぜいだという。しかし地神信仰が主である大陸において、わざわざ闇神を信仰する者たちが詣でる地であることから、領地の者たちからは不気味に思われているらしい。

（三柱の内の一柱を不気味だなどと不敬な。とはいえ、闇神を地上でわざわざ尊ぶ者たちが不気味という話なのだろうな……わからないでもないが）

と、ケリーは思っていた。

第二話　祠の中へ

【晩秋　闇の祠】

早朝、子爵の見送りは昨夜のうちに断っておいたので執事と侍女たちに見送られてケリーとオリオは旅立った。

日が昇ると、霧も晴れて視界は良好だ。

二頭の馬蹄《ばてい》の音だけが響く。

田畑とまばらな林の変わらない風景から、ごつごつとした岩や、硬い土塊が目にとまるようになる。丘を登り、低い山へ入っていく。途中、休憩のために高台で眼下の風景を眺める。

北部の麦は春小麦で、晩秋の今は収穫を終えた寒々しい田畑が広がっていた。農夫の影がひとつ、ふたつ見える。

風が吹き上げてきて外套の裾を揺らす。

「ケリー様、そろそろ」

「ああ、ここまで付き合ってもらって悪いな、オリオ」

「何をおっしゃいます。どこまでもお供します」

見慣れた中年男の平凡な顔にうなずいた。

国王より勅命を拝命して時を経ると、今回の勅命がいかに難しいかが身に沁みてくる。

『闇神から我が国への加護を得ること』という目的に達するまでには、断絶している地上と地底との交流の再開。とにかく闇族と渡りをつけて、地底の闇神神殿に地上の闇神神殿からの紹介状を渡してもらう。そこからさらにこちらの国王の願いを闇神に届けてもらわねばならない。

いかに国王が闇神の加護を必要としているかを説き、伝え、その返事を得る使者となったのがケリーだ。

恐らく地底の神殿との長い交渉が続くことになるだろう。地上の闇神の神殿もどこまで助けてくれるかわからない。ただ、『祠』を『扉』としてまた開通させれば、その功労者として地上の闇神神殿でのケリーの存在感が増すことはたしかなのだ。

もっとも正しい加護は、神から直々に祝福を与えられることだ。

次に正しいのは、神殿の神像の前で祝福され、それを神官たちが認めることだ。

まだ許容範囲と思われているのは、神殿の神殿長が神託として祝福されたと宣言することだ。

『闇神から我が国への加護を得ること』を証明するなら、以上三点の内いずれかでなければ国内貴族のだれも、国王が闇神より王権を神授されたと認めないだろう。

地上の闇神の神殿で以上三点を為すことは、今現在不可能であると闇神神殿側から返答されているらしい。

――地上と地底が没交渉では、闇神も地上に顕現できないのだという。

この世界は天の神、地の神、闇の神が支配する領域に分かれている。その領分にはそれぞれ基本、不干渉である。しかし、それぞれの領分に住まう民草がこい願うならば、その領域での行き来が可能となる。

（だからこそ、祠での開通、交渉開始が第一歩だ。ここをなんとしても突破しなければならない）

改めて乗り越える壁を想像して、ケリーは不安になっては打ち消し不安になっては打ち消しを繰り返して旅をしていた。

祠のある洞窟に近づくにつれ表情を消した顔の下で、ケリーは胃の痛む思いに苛まれていた。


そこからさらに二鐘刻《しょうこく》（二時間）かかって目的地に到着した。

闇の祠のある洞窟内は縦幅二十歩、横幅四十歩ほどあった。

日は頂点まであと一鐘刻頃だろう。雲が出てきて日差しが陰ってきている。

（雨が降りそうだな）

中に入ると松明《たいまつ》を差し込む箇所が作られており、利用された痕が残っていた。

洞窟内は奥行きがあり明かりが必要だ。オリオが一本の松明を作る。

「足下にご注意を」

「ああ」

左手で剣をたしかめ、照らされた地面を踏んでいく。

足音がやけに耳につく。

風が遮断されているというのに、軽鎧《けいがい》の隙間からでも肌寒さを感じた。

二頭の馬は闇の祠のある洞窟の入口に繋げている。手綱を長くしているので草を食《は》め、雨が降っても洞窟に避難できるだろう。

五十歩ほど進むと行く手を塞ぐ巨大な壁が見えてきた。オリオが周辺に設置されていた松明に火を移していくと、だんだんとその全貌が明らかになってくる。

それは巨人が利用するかのような大きさと重々しい両開きの灰色の石扉で、見たことのない文様のような装飾が彫られていた。閉じた扉の前には比較して小さく見える二段の祭壇があった。

(ここか)

近頃だれかがここまで来たのか、祭壇にのってある物品だけが真新しい。

ごくり、とケリーは唾を飲んだ。他人がいた形跡とオリオがいることで心細いことなどないが、普段見慣れない不気味さというものは感じた。

(三柱の内の一柱を不気味だなどと不敬な……とは思ったが、これはたしかに……)

別の世界、違う神が治める世界への入口がこうも松明を必要とするのだ。闇から生ずる恐怖を領民たちは感じるのだろう。

「ケリー様」

「うむ」

オリオが差し出してきた『通行札』を受け取った。

これは昔、地上と地底を行き来するための許可証であったものだ。『扉』が閉じた祠の祭壇に、この『通行札』を奉じ、設置されている鐘を昼夜に渡って鳴らし、地底に呼びかけることが一連の作業となる。すでに地神の神官、宮廷の文官が繰り返している行為だ。

その過去二回が結果なく終わり、今回は闇神の神殿に属する占石術師が選出した人物であるアンシュリー男爵ケリーが三度目に挑むというわけだ。それも国王が侯爵の三男であり、近衛騎士に対しての勅命である。どんどん重要度が増していると言ってもいい。

ケリーはオリオを下がらせ、ひとり進み出て木製の二段の祭壇に向かった。金糸刺繍が施された赤い布が敷かれ、両脇に蝋燭立てがある。さきほどオリオが新しい蝋燭を計六本立て直して火を灯した。香が焚《た》かれ、閉じられた『扉』を背に祭壇が整えられている。

ケリーは祭壇の中央の捧げ台に『通行札』を置いた。

「我、地上の者なり。我、地神の信徒なり。いにしえの交流を望みて、再びの往来を望む者なり、風の通じる道とならんことを！」

地神神殿より渡された冊子より祝詞《のりと》を唱え、片手で持てる鐘の取っ手を左手で持ち、右手の鳴らし棒で叩く。正式なものは地底世界言語で述べるらしいが、ケリーの言語学習熟度はそこまで完璧ではない。


カーン……！　カーン……！　カーン……！

洞窟の中で音が響く。小さな鐘でよかった。これが大きなものだと耳を聾され、何回も鳴らすことが苦痛になっただろう。

本日一回目の奉納式が終わった。

次は夕刻になるだろう。それまでに入口近くまで戻って、オリオが休憩所を整える。ここでの滞在はひとまず持ち込んだ食料三日分が目安となる。

（祠の扉が開いてほしいが……）

ここまで来ると何もかもが半信半疑だ。闇族との交渉用の国王からの親書や地上の闇神神殿からの紹介状、闇族との接し方についての冊子も受け取って軽く学びはしたが、言語が通じるかどうかは、やはり不安が残る。元は同じ言語という説を頼るほかない。

（これは政治的な罠に嵌《は》められたのではないか？）

わざと失敗するように企てられた可能性はないか。王都を出るまでは意気揚々として出発したが、闇の祠を目の当たりにすると、ただただ巨大な石扉――というよりそれが壁だということがわかる。そうすると、勅命を果たすことがどれほど無理難題であるかが理解できてくる。

初単独任務の失敗。その言葉が脳裏をよぎる。

緊張と後悔と悔しさと不安で、首の後ろがびりびりする。

第三話　祠が開く時

晩秋の日没は早く、オリオが準備してくれた固く焼いたパンとチーズと燻製肉《くんせいにく》と、芋と人参のシチューを食べ、夕闇が迫る中、ケリーは晩の鐘を鳴らすため洞窟に入っていく。

従者のオリオは無言で付いてくる。

初日はどこかおびえを抱いた見知らぬ洞窟も、三日も通えば慣れてくる。いつ扉が開くのか、だれか地底から来訪するのかと胸が早鐘を打つようにして待ち構えていた日々も惰性が見え隠れしてくる。

いま頭にあるのはこの任務の失敗をどう取り繕うかだ。あの老占い師のことだって、高位貴族の子息に対するただの思わせぶりだった可能性がある。

カーン……！　カーン……！　カーン……！

鐘を鳴らす。

食事の備えの関係で、明日の朝にはここを引き払わないといけないだろう。

これまで二回敢行された前例と同じように、祠に変化はない。

ケリーには重圧と、焦燥と、ごく微かな安堵があった。認めたくはないが、闇族との邂逅《かいこう》が待ち遠しくもあり、邂逅したら邂逅したで上手くいくかどうかの不安があったのだ。

鐘を鳴らしたあと、蝋燭が半分溶けるくらいは変化がないか待つ。

洞窟の入口から吹いてくる微かな風にも灯は揺れる。ケリーとオリオの影が三方に発生し、やがて灯はまっすぐに立つ。そう、いつもなら揺らぎは落ち着く。

ふっと灯が消えた。

「ケリー様」

後方に控えていたオリオが、松明から火をもらって蝋燭を再び灯そうかとお伺いを立ててくる。

「いや、もう今晩はここまでにしよう。その代わり明日の朝にもう一度だけやってみて出立しよう」

「かしこまりました」

祭壇に置いたままにもできず、一日三回、ここに通ってくるたびに懐に入れている親書を服の上から撫で、ケリーは踵《きびす》を返した。『通行札』も捧げ台から回収しておく。

ケリーは反転して洞窟の入口に向かっていた。オリオは洞窟の壁を背に立ち、ケリーのあとを追うために主人を目で追っていた。

ふたりの視線は祭壇の後ろ、かつての『扉』、開閉しなくなった現在の『祠』を見ていなかった。

松明の炎が突如激しく燃えた。

ボボ、ボ！　ボ！　と洞窟に響いたときにはケリーは腰に下げた鞘から剣を抜いていた。この先にある、洞窟の入口へ続く道の両脇に設置していた松明が音を立てて次々に消えていくのをケリーは見た。

＊

ケリーは豪風に攫《さら》われたような感覚の中にいた。

体が上下左右どの位置にあるのか把握できない。まとっていた外套はちぎれ飛び、がちゃがちゃと金具が鳴っていた剣帯もいまだ腰にあるのか心もとない。

耳を聾《ろう》する轟音の中、なぜか人語が聞こえていた。

『――聞こえておるか？　聞こえているな？　久しぶりだな。会いたかったぞ……！』

重々しいのに、陽気な語調だった。それゆえに不気味だった。

『いますごく興奮しておるのだ！　我……吾……ふふ、人語、しかも地上のものは久しぶりすぎてなぁ。ちょっと待っておくれ』

人語の背後でキャラキャラと囃子《はやし》のような笑い声が聞こえた。

『ひさしぶりひさしぶり』

『およろこびおよろこび』

激しく体が上下に震えたのは、声と同調しているのかもしれない。

薄く目を開いたつもりだが、何も見えない。風圧のようなものが顔に当たる。手足が意思の通り動かない。体は宙のまま、いずれどこかに墜落するのだろう。

『ああ、思い出すな。せっかく召し上げようというに……』

生きていられるかどうかというケリーの切迫する意識の中、聞こえてくる声は古めかしい語調ながら、喜びが滲んでいるようだった。

どうやら昔語りをしているらしい。

ケリーの状況とあまりに不似合いだ。

何か硬い物と接触したのか、ケリーの防具がたやすく引きちぎられていく。柔い皮膚が裂けたような痛覚。

(ぐぁあああ……!)

口を開くことができたかもわからない。

声は自分の頭蓋骨内で反響している。

目を開けていたら痛みで視界に火花が散ったことだろう。いや、瞼を閉じていても散っていた。

どしん、とどこかに着地したようだった。その振動が骨まで響いた。指も手首も動かせない。両足は足首を持ち上げられるようにして広がり、股間から引き抜けそうだった。

『今回こそは、逃がしはせぬぞ。ようやく、ようやく……! ああ、気が逸って身が、おっと、すまぬ、かけすぎた。生きておるか……? そうっとだな、あ、いや、男でもここだろう。おっと、すまぬ、手加減がこの形だと難しくて』

どどど!

熱く粘着力のある液体のようなものが、逆さ吊りにされたケリーの股間から被さってきた。上から狙い定めて桶をひっくり返されたような勢いだ。

（ぐふっ、ぐぅ……）

分厚いねっちょりしたものが口元を覆い、息が詰まる。

手で拭おうにも両腕は動かない。片方の腕は背中の下敷きのようになり、もう片方はひたすら手首を踏みつけられているような痛みを伝えてきている。なんとか首を左右に振って、呼吸を確保しようとする。

（……ぎゃあ、ああ⁉）

鎖帷子を断ち切られ、衣服すら破れて露出した肌の上に、熱い粘液を広げるようにして何か巨大なものが這っていく。

（か、かみよ）

救いの存在として脳裏に閃《ひらめ》いたのは風になびく麦畑。広がる大空。石造りの街並み。騎士の行列。

ケリーが祈った神は地上におわす至高の存在。

大地から地底へとくぐって、神の加護が薄らぎ愚かな土塊は崩れようとしている。

下水道の配道のような、蛇腹のような、とにかく長く重い物量に延々と敷かれてケリーは失神しかかった。

ゾルッゾル、ゾルッ。

振動と窒息のなか太腿の付け根から左右に裂かれたのかもしれなかった。真っぷたつにされる衝撃がひたすら体を貫いていく。

その痛みが飛びそうな意識を引き戻す。断片的で、混沌《こんとん》としていた。

(あ!? はぐぁ? あ、あ!?)

露出している皮膚も鋭い崖ですりおろされているかのような肌感覚を受けるのに、他の痛みに圧倒されて伝わってこない。

圧し潰され、引きちぎられ、四肢がまだ繋がっているかわからない。音と鼻をつく臭いで、べしょべしょと内臓を舐められているような想像が浮かんだ。

唾液まみれの巨大な動物の棘つきの舌で、ぐいぐいと胎内がまさぐられ、啜《すす》られ、犯されていく。

『ああ、ちょっと、難しくて、な。よしよし、痛覚は切っておいた。だから、大丈夫だ。うむ、これが腕か……いや足だな。繋げておこう。大丈夫だとも』

『繋ぐ、こっち』

『こっちだ。えいえい』

『ぎゃくだよ』

『おまえたち、遊ぶな』

ぴぎゃっと何かが潰された気配がして、ふっと四肢の付け根が意識できた。

少し焦りが伝わってくる脳内に響く人語は男のようだった。獣じみた雄の色音があった。

ひくっとケリーの眼球が剥き出しになった。

黒い何かが動いている。

光る粒が波打っている。

じゅるじゅると何かをしゃぶられている。

泡を噴いていた口端から、透明な唾液が垂れていく。

『ふむ、いまの名前は〈けりィ〉か。今世も素直ないい子のようだな。よいよい』

頭の奥から声がして、褒められながら、その奥を濡れた舌で撫でられる。繋がった四肢がびくびくと不随意に跳ねて、何かにぶつかる。

ケリーの青い瞳が、自分を覆う何者かを見ている。

記憶しようとする脳が働かない。判断力が最低地点まで墜落している。粘液で満たされる。耳と鼻と口から溢れて、呼吸が止まった。

だが永劫《えいごう》の時の中にいた。

願いは何かあるかと問われる。

肉体を意識しない中、ただ誇りとしていた騎士としての自分が、自分の中でひとり立っている。

――私は近衛騎士だ。近衛騎士とは王家を守護して戦う者だ。だから私の願いは、近衛騎士としてと、この国の貴族としても、王家と国と民の安寧を願っている。

青い瞳は見ている。

脳内に語りかけてくる地底の生き物を。

『〈けりィ〉、そなたの願いを叶えよう。肉体の契り、次に魂の契りを結ぼう。待たされた憤懣《ふんまん》はあるが、ついにこうして我が手に戻ったそなたへの愛しさに気が昂ぶって鎮まらぬほどだ。そなたの今世の願いを叶えることによって楔《くさび》としよう』

ケリーの臓腑を犯し、脳をいじくり、四肢をばらして繋げた神の御業を。

金色の睫毛がぴくっと震えた。

幕間　オリオの見た世界

オリオは、十八歳で成人したケリーが近衛騎士になると同時に男爵を叙爵されてのち、ケリーの親である侯爵から息子に仕えるよう命じられてから二年となる熟年の従卒であり従者だった。

若いころは領地争いなどの小規模な争いに参加したことはあるが、そろそろ五十歳ともなると血気盛んな覇気もない。公爵から面倒を見ろと命じられた三男坊も特に秀でたところもない代わりに特に悪癖もない若い主人だったので、オリオは穏やかな日々を送っていた。

「……う……」

意識を失うまえ、強く洞窟の壁にぶつかったらしいことだけはわかる。右側の肩と背中が動かそうとしただけで息が詰まるほど痛い。

はぁ、はぁ。なんとか息を整え、四肢を確認し周囲を探る。首だけ動かせる。

（ケリー様）

声が出ない。ここ数日嗅いだこともない匂いが洞窟内に満ちている。

癖の強い香水のような、奥深い湿気のような、慣れないまま心の中で顔をしかめる。

閉じた扉はただの彫刻という壁、洞窟の行き止まりにしか思えなかったのに、

（ない…………壁が……）

『祠』と呼んでいたかつての『扉』とその前に設えた祭壇。鐘や蝋燭、お供え物用の皿、松明。オリオが見渡す先にそれらはすべて消えていた。

洞窟の行き止まりが消え、奥に続いていた。

(広い……明るい……)

『祠』の先には、赤みを帯びた岩肌の、ほの明るい洞窟が視界いっぱいに広がっていた。

(ケリー様、祠が開きました……！　開通したんですよ……！)

そのことがじわじわと腑に落ちてくる。

これは勅命の第一歩を果たせたことになる。痛みを忘れ、明るい奥の世界に照らされたオリオは、いまだ地面に転がりながら笑みを浮かべた。

「……ケ……さ、ま……」

半鐘刻（三十分）以上じたばたしていると、どうにか身を起こせるほど痛みがましになってきた。オリオはとにかく首を巡らせて主人を探した。

洞窟壁際に祭壇の破片が落ちている。

『扉』は内側に開いたようで、地面に開閉痕があった。その痕のなかに、長大な何かが這ったとでもいうような、説明のつかない痕もある。オリオの経験の中では馬車を引いていた馬が脚を折って、横転した馬車が勢いのままに地面をえぐった痕がよく似ていたものだった。

慣れぬ匂いの中、はぁはぁと深く呼吸をして、片膝を立てた。冷えた汗の滲む肌が痛んでピリピリする。洞窟の奥からの空気は常温と変わらない。寒くもなく、暑くもない。

（ケリー様）

主人の姿も気配もない。

吹き飛ばされて洞窟の入口に転がっている可能性もあるが、オリオの勘が、そっちではないと告げている。

嫌な予感のほうが当たるのだ。この場合、洞窟の入口ではなく奥だ。

オリオより先に意識が戻った主人が、洞窟の奥に行ったのかもしれない。

日頃なら、倒れている従者を置いていく人柄ではないが、王命に意気込んでいたし任務失敗かと気を揉んでいたのだ。ひとりで先走ったかもしれない。

そう考えつつも、オリオはなにより、地面の痕跡が気になっていた。

主人が元気に先走ってくれていたほうがいい。

「ぐ……」

忠実な従者は、歯を食いしばって立ち上がり、腰の剣を手で無意識に触ってから奥へと向かった。

洞窟の奥へ進むほどに、壁に埋め込まれている石が赤く発光しているおかげで薄明るいことに気づいた。

（なんだこれは）

松明もないのだから明るいことは助かるが不気味だった。

見下ろせば、見えにくいが地面の痕跡はたしかにあって、ずっと長く、何かを引きずったようだ。

無意識に飲み込んだ唾の音に自分で驚いた。暑くないのに汗が出る。寒くないのに身が凍る。

（ケリー様。どこだ）

侯爵領をもつラルスランス家三男で、恵まれた容姿に実直な性格。後継に関わらない三男ゆえか鷹揚《おうよう》で、兄弟の中で一番可愛い性格をしていた。侯爵の縁故と、騎士一般に求められる剣術・槍術・弓術・馬術を熱心に習って近衛騎士の地位を得た。

オリオから見れば甘っちょろいところのあるお坊ちゃんにすぎないが、それがまた仕えがいのあるところだと思っていた。

（ケリー様は勇んでこの任務に赴いたが、俺はわかっていたぜ。なんかやばいってな）

王家があの手この手で繋ぎを付けようと奔走した闇神との交渉を、侯爵家出身とはいえ、まだ新人の近衛騎士ひとりに命じるのか。

『それだけ私に向いているということだろう』

懸念を話すと、ケリーはそう自分にも従者にも言い聞かせているようだった。


奥へ奥へ進みついに洞窟を出ると、平坦な赤茶色の地面が続いていた。草木はなく、赤い岩石がところどころ地面から顔を出している。

天井は夜空のような天上になっている。

（地底界にも太陽がある――あの話は本当だったんだな）

しばしオリオは茫然と地底界の空を見上げた。自然と、太陽があるからこそ、夜にはこうして夜空となることが飲み込めた。

背後を振り返ると赤黒い壁がそびえ立っている。切り立った崖なのかもしれない。左端ではこの壁が林のような黒い影に変わっていた。

周囲をぐるりと見回していたオリオは、はっと気づいて顔を正面に戻した。

灰色の石柱数本に円形の土台と屋根のある東屋のような簡易な建物があった。はじめて見る人工物だ。

洞窟内で目覚めた場所からこの出口まで四半鐘刻（十五分）以上はかかっているだろう。

そのあいだずっと探して、目を皿にして痕跡を追ってきた。その目的の人物らしき者が見えた。

東屋の石床でぬらぬらした透明と白濁が混じる粘液らしきものに覆われていた。

それを主人かもしれないと、脳裏によぎったのはこの場所にいる可能性のある人族が自分と主人しかいなかったことと、服装だ。

主人の衣服を用意して着せて、鎖帷子の上に革鎧を装着するのを手伝ったのはオリオだ。

「……っ」

声も出ないまま、いまだ痺れの残る足を急がせて東屋に向かった。

石柱の灰色には、白と透明な宝石のような粒が散らしてあった。六本の柱の内、二本の側面が削れ、柱の根本に灰色の砂が固まってあった。その砂の中でも宝石が煌めいている。

倒れている人物の顔を覗き込んだ。

左側を下に横倒しになっている。しかし右の耳の形、額とこめかみからの顎の線。どれもが主人の造形だった。

頭から半透明な粘液がかかり、金髪が乱れ、束になって額に落ちていた。その前髪の下の瞼は伏せられている。

東屋の中の明かりは薄青かった。この石柱の灰色が青味がかっているからだろうか。

手を鼻の下に伸ばすと、呼吸を感じることができた。しかし顔色がわからない。

「ケリー様」

耳に顔を近づけてオリオは囁いた。

現在、地底の闇族の姿は見えない。いったい何があったかはっきりしないが、主人は倒されている。攻撃されているのだ。ここは敵地。

オリオの頭は主人をここから運び出すことだけの思考に切り替わった。

倒れている主人は鎖帷子ごと服がちぎれていた。鎖帷子の断面は左右から尋常ではない力で引っ張られたかのように欠片が変形していた。

防備を破られた薄青い明かりに照らされた青白い肌に切り傷はなかった。

だが、うっ血痕が残り、半透明な粘液には血が混じっているように見えた。命を奪うために暴力を振るわれたというよりも……

こんなふうに乱れきって倒れている男女をオリオは過去目撃したことがある。

盗賊に襲われた村の跡地、無法者たちが占領した館、貧民街の裏路地。

オリオは布巾で主人の顔から慎重に白濁の混じる半透明の粘液を除去し、鼻と口の気道を確保してから自分の上着を脱いで被せた。

「ケリー様、動かしますよ。大丈夫です、私しか知りません。大丈夫ですから」

聞こえていなくとも耳元に小さな声で語りかけ、節々の痛みを我慢して肩に担いだ。重量に目の前で火花が散った。

腹の底からの怒りを力に変えて、重い一歩を踏み出した。

第四話　籍だけの騎士

【晩秋　王都　侯爵屋敷】

王都の屋敷に戻ってからのケリーは、『闇の祠』での自失以来、快復するどころか、むしろ悪化して日々を過ごした。

一日の内で平静に受け答えができる時間は半鐘刻（三十分）あるかないか。

ケリーは気がつくと寝室の天井を見上げており、その視界の中に家族や家僕、近衛騎士の同僚、王城からの使者、医師や神官らしき衣服の者たちが時々入った。

母親は目の周囲を赤くはらして、よくケリーにすがって名を呼んでくれていた。

「ケリー……ケリー……」

片手が温かいものに包まれる。虚ろで何も期待されていない、ただ、そこにいるだけでいいというかのような、声だった。

口の中に何か入ってきていると思う時は、上半身を起こされてオリオに介助されていることが多かった。

「……オリオ……」

ごくっと嚥下《えんか》して名を呼べば、オリオははっとした顔をして耳元で穏やかな声で囁く。

「おはようございます、ケリー様。すべて食べられてえらかったですよ。もう一口いかがでしょうか」

こうして優しい声をかけてくれる者は、数少ない。

錯乱した意識の中で聴覚だけが、妙に活き活きとしていた。いろんな言葉を耳から脳に運んできた。


先輩の近衛騎士たちが何人かやってきて、行儀よくしていたのは最初だけで、耳元でただぐちぐちと繰り返していた。

『任務の結果を報告せよ』

『まだ意識が朦朧《もうろう》としているのか、仮病ではないのか』

『これだから半人前は』

『優しい両親でうらやましいかぎりだ』


城の文官たちらしい者たちも来たようだった。

本当に来ていたのかわからない。

『従卒のオリオの証言によって『闇の祠』が開門したことは報告された』

『後日確認と地底への使者が立てられたが……。扉の開閉跡は残っていたが、また閉じられていたのだ』

『貴殿が『扉』を開けたというオリオの証言は事実と判断していいのだろうが……だが、肝心の交通ができない以上、成功とも言えない。アンシュリー卿は陛下の親書をどうされたのだろうか』
『アンシュリー卿？　陛下は、アンシュリー卿が快復次第、もう一度『祠』を訪ねてほしいとお命じなのだが……アンシュリー卿、聞こえておられるか？』

寝室の中で、ただカーテン越しに外の明るさで時間を知る。
朝か。夜か。
ああ、夜はだめだ。夜はやめてくれ。
そう思ったとたん大声が響き、扉が激しく叩かれ、最後にオリオの声がした。
荒々しい息遣いの中で、ケリー、ケリー、ケリー様と呼ぶ声が聞こえる。
『けりィ』
ぐちゃ。何かがちぎれて落ちた。

脳裏に入り込んだその会話の主は騎士でも文官でもなかった。
『アンシュリー卿……あなたは……闇神の息吹に触れられたのですか』
『地神と闇神はいにしえより諍いなどありませんが、神の御心は計り知れぬゆえ』
『護符を、聖水を……』
『お話を』

『お話を』

『どうぞお身柄を我が神殿に』

『闇神神殿の方々には控えていただきたい。卿は地神信徒ですぞ』

『卿が倒れられたのは勅命によって祠に赴いたがゆえでしょう！　だとしたら我ら闇神に関連しているはずです』

『そうです、卿のあの症状も地底の風に触れたがゆえの一時的な障りでしょう』

『地上の者を地底の護符で癒せなどしない』

『すでに地神の護符でも聖水でも効果がなかったではありませんか！』

『それはそちらもご同様でしょうに！』

家の者の声がして、争う声は遠ざかっていった。


長い静かな夜。蝋燭だけを灯した寝室が見えた。

寝台脇にでもいるのか、侯爵でもある父の声が響いていた。

『私は陛下に申し上げたよ。我が息子を廃人同然にしておきながら、近衛騎士の籍まで剥奪するのですか、とね』

『おまえは地底との開通を成し遂げた。そんな体になってな。はるか昔に『扉』は閉じられ、『闇の祠』として祀られ禁忌とされたのは、おまえのような者が続出したからではないのかな』

『我が侯爵家の者をなんだと思っているのだ、王家は。使い捨てになぞなってたまるか』

『賠償金を要求した。まあ、減額を見越しての請求だ。減額の代わりおまえの近衛騎士の籍は今後何年おまえが療養しようとも残る。騎士としての年金も払われる。おまえは騎士として王家に奉仕したのだ、休むがいいさ。三男として、王家に大きな借りを作ってくれた』

『おまえの母上だけは、おまえがこうなって悲しんでいるけれどな。私はまだ快復の余地はあると思っている。おまえは小さいころから兄たちと違って妙なところで要領がよくて、思いもしないことをしでかしてきたから……きっと快復する』

＊

ケリーは任務前の今年の秋まで王都の騎士寮に入寮している新人近衛騎士だった。

そして初の単独任務後三ヶ月の自宅療養を経て、籍だけ残し、侯爵の属爵である男爵領の、南部領地での療養が決まった。

それらは屋敷の寝室に籠っているうちにケリーのあずかり知らぬところで決まったことだった。

寝室から一歩も外に出られなかったケリーは父侯爵に命じられた家僕たちに布団ごと簀《す》巻《ま》きにされると装飾のない箱型馬車に乗せられ、オリオをお供に出発していた。

「今後も経過は報《しら》せるように」

「はい、侯爵閣下」

出発前に、馬車の外で会話が聞こえた。それが最後に聞いた父の声だ。他に母や兄たちが見送っていてくれたのかどうかわからない。乗り込んできたオリオに問う気にもなれなかった。

自力で外に出ることができなかった。

「ああ……うぅ」

かろうじて出た声もこれだけ。

送り出されたのが再び開けろとせっつかれている『闇の祠』のある東北部ではなく、療養が目的の南部の男爵領というだけでも親からの温情だったと、のちになってケリーは感謝した。

第五話　怪異と討伐者

ラードリュー王国東北地方では去年の冬から怪異現象が多発している。

今年の春、東北地方の領主たちの要請によって、王国軍の騎馬隊に所属している王国騎士ブレット・エイマーズは出動となった。

各領地での治安は、基本的に領主が持つ騎士団や私兵が対処することになっているが、手に負えないとなれば王城に依頼して王国軍を派遣してもらうことになる。

ブレットは東北の地方領主の四男から王国軍に入軍して、剣の腕と実践経験を積み上げてきた騎士だ。

濃い金髪を短く刈って、四角い顔は日に焼けてそばかすが散っている。鋭い目つきの青い瞳は薄く、分厚い唇はいつもへの字に結ばれている。

今回の派遣地方に詳しいだろうと参加兵一覧に入れられた。

最終的に戦闘部隊の編制は、王国軍騎士三十人、従卒三十人、歩兵二百人、東北合同領軍七十人、輜重《しちょう》・兵站《へいたん》担当部隊六十人となった。

【春　王国東北地方】

野営地を夕日が照らしている。

春の陽気が残りまだ寒くないが、薪が多く集められていた。

「今回、王国軍にお配りする剣や武器は！　天神の神殿により祝福を授けられた武器である！　ゆえに！　この地方で出現しているという地底からの怪異は、この天の剣でもって討伐していただきたい。むしろ！　この祝福されし剣でなくば効かぬといえましょう！」

ひとりの白い男が台に乗って気炎を上げる。

おぉ……！

整列している騎士や兵士たちから応えるように歓声が上がる。

「おい、あの男は？」

「討伐者サルバル・ドンス卿ですよ」

「とうばつ……なんだそりゃ」

馬から下りて騎士仲間たちと整列して演説を聞いていたブレットは、前にならんでいた年下の同僚に問いかけた。

「なんて言うんでしょう、天神の信仰者、信徒ですかね。爵位はお持ちじゃないですけど、伯爵のご子息ですよ。熱心な天神の信者で、今回の王国軍派遣についても神殿側から大きく働きかけてご自身も自主参加してきたらしいですよ。なんだか急に存在を主張してきた感じの人です」

「ふーむ」

なるほど、とブレットは思った。

地方領主たちからの出動依頼にしては、準備が早く、派遣人数が多く、装備や食料など、手配が潤沢だと思っていたのだ。天神神殿の梃入《てこい》れがあったということなら納得がいく。

サルバル・ドンスは白っぽい金髪に、そろった前髪は短めで額が秀で、日に焼けていない真っ白の肌、白い鎧に白い外套を翻していた。年齢は二十代半ばあたりだろうか。背は高いが厚みはない。三白眼の青い目だけがギラギラしていて、まさしく狂信者じみている。

サルバルに代わって隊長が台にのぼって、軽く今後の予定を告げ、詳しくは各部隊長からの指示に従えということになり、解散した。

異変が発見されたのは三日後の夜明け。収穫の終わった畑を抜けた、岩山の裾野である荒原だった。斥候《せっこう》が放たれ、情報が集められて幹部たちの作戦会議中に、

「闇神様の眷属《けんぞく》の可能性がある。使者を出すべきではないか」

「まずはお怒りを鎮めることが大切」

だと従軍している地上神殿の神官が助言をした。

地底の怪異は闇神の眷属だろうという、だとするとその元凶は地底蚯蚓《みみず》や、地底土竜《もぐら》が過去の文献にあるため推察ができるのだとか。

神官の使者を通して怒りを鎮めることができるなら……という風向きをぶった切り、即座の殲《せん》

滅《めっ》！　討伐！　と叫んだのは例のサルバル・ドンスであったらしい。

彼の苛烈なまでの攻勢すべきという意見をだれも覆せず、朝日が昇ってから『闇を断つ』という作戦が実戦されることになった。

夜更けに作戦案が部隊長から説明され、慌ただしく支度が整えられる中、ブレットはまた同僚たちに作戦会議の最中の話を聞いていた。

闇の深い時刻に、サルバルの闇神の眷属に対しての強い殺意を聞いて、背筋がぞくぞくした。

（なんなんだ、あの野郎）

天神はそんなに闇神を毛嫌いしているというのか。

むしろ天神は鷹揚で無関心ではなかったか。

今回の作戦、自分の意図する方向へ導いていこうとする姿勢があからさますぎて、ブレットにはサルバルに対して嫌悪感しか湧かなかった。

その方向へいいように走らされている幹部たちに対しても同様に。


生臭いのに、どこか花の蜜のような匂いがしていた。

しかしその匂いも、土を掘り起こした時の湿った匂いが覆い尽くしていく。

夜明けと共に号令が発せられた。

「前方百歩に異常あり！」

「歩兵、槍を投擲《とうてき》せよ」

「投擲！」

「命中」

「前方右三十歩！」

「接敵ぃぃぃ！」

最初に震動がきた。石橋が大風できしむようなありえない音が王国軍の耳を揺らした。


……ンギ、ゴゴ、ギィィィィ……！


しばらくブレットは何も聞こえなかった。視界は広がっている。夜明けの薄明るい光源でも彼の青い瞳にはよく見える。

無音の世界で地中から土砂を隆起させた蚯蚓のようなそれは、大人四人が輪になったほどの太さがあった。その毛皮のない地中生物は天神の祝福を受けた武器で傷つけられ、赤黒い体液を飛ばした。生臭い匂いが非常に現実的で口内が苦くなる。

身悶えする地中生物は、その場で激しく身をくねらせ、逃げ遅れた兵士を六人弾き飛ばした。

「……ぁぁわあぁぁぁー……！」

ブレットの聴力が戻ってきた。

またがっていた馬を制御して、地中から地面へ、這うように転がり出てきた岩石を跳び越えた。はぁはぁと自身の呼吸音が聞こえる。馬の鼻息も荒い。鎧の中が暑く、末端は冷えて寒いほどだった。

「うおりゃぁッ！」

蚯蚓のような胴体の下を駆け、片手剣を突き上げて砂埃と体液の雨の中を走り抜けていく。


ギィイイイ……！


また耳が音を拾えなくなった。兵士への命令を知らせる笛や鐘の音も聞こえない。顔を巡らせば旗の指示は『攻撃』のままだ。

視界はどんどん光源を得て明瞭となってきた。

巨大地中生物に対峙《たいじ》しているのは、戦闘前にそろっていた王国軍騎馬三十、従卒三十、歩兵二百、合同領軍七十人から、すでに武器を失ったり、倒れ伏している者も多い。

ブレットは必死で、撤退の鐘が鳴らないかと耳を澄ませた。左右を見れば、自分ののろまだが頑丈な従卒がちゃんと付いてきている姿が見えた。

微かに口端に笑みを浮かべ、背中に冷や汗を流す。

騎馬は長時間の戦闘に向かない。

一度走れば円を描くようにして接敵して一撃、離脱を繰り返す。

巨大な敵から一旦離れると、地中生物が隆起させた地面は幅四十歩から七十歩はあるように見えた。

（やはり、蚯蚓か⁉）

ブレットは畑を耕す手の平大の蚯蚓しか知らない。

離れた位置にいる神官たちが何かを唱えている切れ切れの声が聞こえる。ド、ド、ド、ドと走る蹄の音とブレットの肢体を上下させる躍動が馬体から伝わってくる。

巨大生物の目も鼻もわからない萎んだ野菜みたいな先端が、方向転換をしようとしている。

その岩石ほどある頭が避けようとしている先に白い形があった。サルバル・ドンスだ。白い鎧に白い外套の、人を煽る信徒野郎だ。

なんとこんな前線で神官ふたりがサルバル・ドンスの背後にぴったりくっついている。一人前《いちにんまえ》に槍を構えていた。

神殿にも私兵がいるから、その手のやつらなのかもしれない。

強烈な光。

「ぎゃぁ……！」

「ぐあ！」

「目が」

周囲にいた騎士や従卒たちの声が響く。

ブレット自身もいつの間にか痛みに叫んでいた。なんとか手綱を握ったままでいるが、馬も激しく体を跳ねさせ身悶えしている。ブレットは必死に馬上で体を丸めた。同じように狂乱している仲間の武器を事故で受けないためだ。

脳裏ではひたすら神に祈った。神よ神よ我を守りたまえ。

「どうどう、どうどう」

跳ねる馬に声をかけ、首筋を撫でてやる。その状態で運ばれるまま移動し、なんとか馬が落ち着いてきたのがわかる。そのあいだも馬越しに震動が伝わってくる。

「どうどう、どうどう」

馬の耳に向かってひたすら声をかける。ブレット以外の喧噪《けんそう》も聞き取ろうと耳を澄ませる。状況を知りたい。

目より先に耳が回復し、そのあと『帰還』の鐘が聞き取れた。まるで負け戦のように兵士たちがぽつぽつと帰っていく。怪我した仲間に肩を貸して歩く背中は敗残兵そのものだった。

ブレットは内心舌打ちした。

午前中の戦いは終わった。

あんな巨大な生物を撤退させたことが信じられない。

耳も目もひたすら痛めつけられた気がする。

けっして王国軍は負けていない。しかし決定打はあの白い男——サルバル・ドンスが放った何かだったのだろうということぐらいは、しぶしぶ受け入れていた。

「貴卿たちよ、あれらの敵は地底の眷属。眷属は例えていえば神の寝返り。指先の遊び。ほんのささいな仕草にすぎない。このあとは闇族の影が放たれる。人型の影に触れると短い死を夢見るだろう」

サルバル・ドンスは、戦闘の合間の休憩時にまた演説していた。

彼の背後には天神神殿の神官がふたり立っており、囲いのあるランプを下げている。

薄い葡萄酒を飲んでいたブレットは、今度はいったい何を言い出しやがった⁉　と声の主に目をやった。

「あのお方は預言者か……⁉」

近くで地面に直接座って葡萄酒を瓶から呷《あお》っていた同僚がぽろっと言う。

たしかに事前に配られた武器はあの巨大生物に効いて、一時撤退させることができた。しかし、第二波が同じ生物ではなく、人型の影だというのだ。

(あいつは天神神殿の関係者なんだろ。だったら神殿の歴史書にでも書いてあったんだろ)

そうでなければ、預言者がこんな若い優男《やさおとこ》だなんて認められない。


次の日は朝日が昇ってきてからサルバルが言った通りに、人型の影が地面から生えるように十体出現した。巨大生物より脅威を感じることはなかった。昨日の戦闘でブレットたちの感覚は麻痺してしまっていたのだろう。それでもブレットは慎重に対処した。初撃は控え、周りの様子をまず見たのだ。

「たぁ！」

そこからは昨日と同じように天神に祝福された武器で騎士と兵士たちが立ち向かう。

「おらぁ！」

武器越しにやたら手足の長い黒いゆらゆらに触れたとたん、槍を突き入れた歩兵が、体をのけぞらせながらびくんと震わせ、深呼吸を五回するくらい固まってゆっくりと倒れていく。

人型の影に厚みはなく、足下に影もない。

人型に切り抜いた黒い紙人形のようだった。

「死んだのか⁉」

「息はある！」

「後ろへ連れてけ！」

歩兵ふたりが倒れた仲間を両脇からつかんで引きずっていく。

そんな歩兵が午前中に続出した。

「ぎゃあああ」

ある歩兵は人型の影に突き刺した武器を手放して頭を抱えて絶叫した。

（なんだありゃあ⁉）

今日の敵は絶対的な物量の差ではないらしい。

歩兵たちが攻撃を躊躇すると、影たちから近づいてきて手を伸ばしてくる。避けそこなって触れられた歩兵は、武器で攻撃した者同様に硬直してから倒れるか、絶叫して倒れた。

（こりゃ、安易に攻撃できねえぞ）

馬の進路を敵から逸らし回避していく。兜越しに聞こえてくる風の音はびゅうびゅうと鈍く響く。

前方を走っていた同僚が影に槍を突いて、ゆっくりと後方へ飛んでいった。

（馬鹿が！）

落馬した同僚を踏まないよう避ける。馬の脚が乱れ、馬蹄音が不揃いになる。

（ちくしょう、また神官どもの手がなきゃ無理なのかよ、あのドンス野郎がしゃしゃり出てくるってわけか）

この戦い、神殿の縁故関係のある者でなければ名を挙げられないというわけだ。

事実、神官たちの祈祷の合唱と、サルバル・ドンスの攻撃によって三十体に増えていた人型の影たちが後退していく。

ブレットはふいに意識が途絶えた。

それは短い死であった。

ほんの瞬きのあいだに阿鼻叫喚《あびきょうかん》を全身に浴びた。

幼いころに神殿学校で学んだ、神に見放された世界に突き落とされたかのようだった。

ブレットが気づくとその日の午後になっていた。人型の影は午前中に後退して地面の影に返ってから、午後は出現していないという。今日の死人はなし。怪我人は複数いるが、昨日ほどではない。

ひとまずブレットは自分が死なずにすんだことに安堵した。

自分も馬も従卒も無事だった。自分の財産は守られた。

ただ、あの短い死を経験した者たちは青白い顔をして、中には怖気づいてしまう者も出た。

「俺はもう嫌だ。あの影の中には死人がいるんだ。やつらが俺ら生者を引きずり込もうとしてきやがるんだ。俺は近づきたくねえ」

ブレットだってそうしたい。

しかし騎士という地位にある以上、見栄があった。

寝かされていた天幕の外であのいまいましい年下の狂信者が、ひとり元気よくまた気炎を上げている。

(うるせえ)

神殿に梃入れされた年下の男が自分より活躍し、重要人物になっていく姿を見せつけられるのはひたすらむかむかした。

致命的な死傷者数こそ出さなかった。地中生物も人型の影も、倒せはしないけれど後退させることはできる。以上のことから、前線の拠点造りをして防衛線を構築することになり、この遠征は長期化していった。

幕間　オリオの後始末

【晩秋　闇の祠　地上世界】

あの日のオリオの働きは万金に値しただろう。

再び赤く光る洞窟を遡《さかのぼ》り、気を失っている重くて、ぬるぬると滑る主人を担いだまま、永遠かと思えるほどに長く感じた地底から地上の道を帰っていった。

『扉』は閉じられておらず、どちらの世界からの風かわからないまま、白髪の多くなった髪が揺れた。

洞窟から出ると地上の世界では星が沈み、東の地平線が薄っすら見える時刻だった。

晩秋であるこの季節、もっとも冷え込む時間帯である。

（なるべくここから離れたいが……）

洞窟内から吹き飛ばされた野営の道具類が入口付近に転がっていた。二頭の馬も繋がれたままだった。人間の気配に気づいて鼻息を荒くし、いなないた。

オリオは冷たい汗をびっしょりかきながら、乱れた息で馬に近づこうとし、やや考えて洞窟の入口から死角になる樹木の陰に主人を下ろした。

ケリーの口から声とも息ともつかぬ音が発せられたようだが、意味をなしていない。

オリオは飛び散っている荷物を集めにいった。

視線を這わせ、そこではじめて薄明かりの中で地面から落ち葉が消えていることに気づく。

(どれほどの風がこの地で轟《とどろ》いたのか。騒音を聞きつけてだれか来るだろうか)

来るとしても日が昇ってから、近辺の小作人たちが様子を見に来るくらいだろう。

こちらが騎士で貴族だと知れば、深入りは避けるはずだ。

意固地に探ってくるようであれば、いくらかつかませてもいいし、口を開けぬようにしてもいい。

思案しつつオリオは毛布の上にケリーを移動し、改めて身体をできる限り清拭した。うっ血している肌には傷薬用軟膏《なんこう》を塗り、新しい衣類に着替えさせる。破れた鎖帷子は袋に詰め、革鎧も専用の鞄に保管する。鞘ごと剣も回収した。

二頭の馬たちを世話してなだめる。

そこまでして、視界がだんだん明るくなっていることに気づいて顔を上げた。

薄明かりが天上から枝の隙間を縫って斜めに差し込んできている。まだ光に力はないが、オリオの青い瞳には賜物のように映った。

今回地底に恨みが残った。それと比べて地上を照らす太陽からの恵みはどうだろう。

オリオは人族としてもちろん地上の地神を信仰している。

しかし今朝はいつになく、天上に住まう天神に感謝を捧げたくなった。地神神殿の神官によると、太陽と天神は同一ではないらしいがよくわからない。

「……あぁ……!?」

小さな叫び声が聞こえて、オリオはすぐに声の方向に走った。

ケリーは四つん這いになって、寝かせていた樹木の根本から離れようとしていた。だが、四肢に力が入らないのか、すぐに崩れ伏してしまっていた。

「ケリー様、オリオです……！　ここは洞窟の外です。地上です」

オリオはそばに膝をついて、小声で呼びかけた。混乱状態の騎士にうかつに触れてはいけない。武器を握っていなくとも体術がある。

「お、オリオ。ちじょう……ここは、やつは、あれは」

肘をついてなんとか顔を上げたケリーは青白く憔悴《しょうすい》した顔をしていた。明朗で真面目な二十歳の近衛騎士が、一晩でげっそりと変貌していた。

ふわふわして輝くようだった金髪さえ、どこか白っぽくなり、眼窩《がんか》は落ちくぼみ、青い輝く瞳は灰色がかって見えた。

着替えさせていたときには気づかなかった主人のやつれ具合に、オリオは胸を突かれた。

(俺の責任だ)

従者として、侯爵から世話を任された者として、この任務の唯一の同行者として、とっさにそう感じた。

「地上です。まずは、そうですね……森から出て川沿いに……動けますか」

ケリーは震えながら両肘をついて上体を起こし、肩を上下させながら息をしていた。灰色がかって見える目がきょときょと落ち着かない。戦闘後の狂った兵士みたいに、弱っているのに錯乱している。

「水を飲みますか。馬に乗れそうですか」

どの単語がケリーの心に届くのかわからず、選択肢を挙げていく。

「み、みず……っ」

野営場所に残していた水の瓶から木製の杯に注いで渡す。

「水です」

顎を濡らしながら杯半分を飲んだケリーは、地面に両手をついてぜーぜーとさらに荒い息をついた。袖でぐっと口を拭う。

「う、馬だ。は、はな、ここを、はな、離れたい……。すぐに、離れたい」

いまだ息を乱しながらも、はっきりと要求する。

「わかりました、ケリー様。触りますよ？　肩を貸して立たせます。私はオリオです」

「オリオ……」

ゆっくり肩に触れた。

上腕をつかみ、上半身を起こす。白いシャツに水を零したケリーが、ふらふらと顔を上げる。

「オリオ？」

やっと目と目が合った。

洞窟内で何があったか詳細が知りたくもあったが、ここでは問わない。

「はい、オリオです。ここを離れましょう。馬に乗れますか」

本人はうなずいたが、肩を貸して立たせ、主人の馬に騎乗させたものの、そうとう危なっかしいものとなった。真っ直ぐに座っていられない。前に後ろにとふらふらしている。

(やっぱりこの地の領主に助けを求めたほうがいいか？　でもな、ヤドン子爵は下種《げす》の類だ。このケリー様の状態を知られたら、とんでもない借りを作ることになる)

オリオは森の中の道を進み、しばらくして二頭の馬を止めてケリーを一旦下ろし、馬に載せていた荷物を移動させた。

主人の馬にふたり乗りして、自分の馬には荷物持ちをさせるのだ。

その作業を木の根元に座って見ていただけのケリーに、何か食べるか尋ねると首を横に振ったので、再び水を注いだ杯を渡した。オリオ自身は干し肉を齧《かじ》りながら作業をした。

『闇の祠』のある陰鬱な森を抜けたころには夕刻になっていた。

川辺の木に天幕を斜めに張って寝床を設営する。水筒と鍋に水を入れ、ケリーが石を配置させた竈《かまど》に鍋を載せる。

ふたりしてのろのろと集めた枯れ木を竈にくべていく。

この森の周囲にはごくたまに黒い狼の群れが出るらしい。

ふたりが万全の状態であれば狼の群れにも対処できるが、現状、疲労困憊《ひろうこんぱい》だった。

オリオは落ちくぼんでいる目をこすり、乾燥野菜と乾燥茸を入れた麦のスープを作った。ケリーは天幕の下で毛布にくるまって寝ている。

見張りを交替とかつぶやいていたが、ケリーに任せるくらいなら自分がうとうとしながら警戒していたほうが安全だろうとオリオは思った。

どろどろに煮込み、冷ましたスープをケリーに飲ませた。起こしたくなかったが、腹に何か入れておかないと快復が遅くなる。半覚醒の主人に飲食させるにはこつがいる。

オリオは自分の胸にケリーの背中をもたれさせ、木製の器を口元まで持っていった。声をかけ、飲み込む間隔を空けて器を傾ける。

九割摂取させて器を地面に置く。

「では、交替の時間になったら起こしますから、ゆっくり寝てください」

「ああ、起こせ……」

そう言うと、目をしょぼつかせたケリーは大きな息を吐いて再び毛布を被った。

オリオは焚火のそばに戻り、自分の食事を終え、急激に襲ってくる眠気と戦いながら火を絶やさず夜通し見張りをこなした。一晩寝ないくらいで人は死なない。

(朝、ケリー様の体調が今よりよければ湯で体を拭いてもらおうか。それから出発しても、明日中にはこの領地から出られるだろう。キカント領まで行けば宿に泊まれる)

そんな算段をしながらパチパチと弾ける焚火の音や晩秋の虫の音を聞くともなしに聞いていたオリオは、はっと意識を戻した。

「――……めろ……ぉ、お、……ぐぇ、ぁ……あぁ」

声のほうを向くと、毛布の塊が動いている。顔を下にしてケリーは拳を握り、両足でにじり、敷いている毛布からはみ出そうとしていた。

苦悶の声はくぐもり、がくがくと上半身が上下したかと思うと、急に前進して落ち葉の中に吐いた。

苦し気な吐しゃの音がやがて止まると、オリオは杯に注いだ水を持って立ち上がった。

「オリオです」

そう名乗って、足音をわざと立て、三歩近づく。

うなされて目覚めたばかりの騎士や兵士に予告なく接近、接触するのも、これまた危険な行為だ。こういう場合も先例通り、戦闘技を日々修練している者たちが無意識に攻撃してくる可能性が高い。

「ケリー様、お水です。口をゆすぎませんか」

だんだん荒い呼吸が治まってきたようで、こちらを振り返らず、ケリーが問いかけてきた。

「オリ、オ……？」

寝床から這い出し、焚火の明かりからは、足底と金髪の頭しか見えていない。

「はい、オリオです。口の中、苦いでしょう。お水、ありますよ。動けますか」

「はぁ、ああ、水、ああ、水か。うん、ほしい、ああ、ここ……地上か？」

「地上です。これから王都へ帰還する途中で、野営しております。お水、そちらまでお持ちしましょうか」

「いや、待て、いま、起きる」

のろのろとしたケリーの口元を拭き、水でうがいをさせ、冷や汗まみれの体を湯で拭いて、オリオは一連の世話を忍耐強くこなした。

二十歳ではなく、まだ七歳くらいの子供の面倒をみている気分だった。

結局、ケリーの眠りは浅く、オリオと同じようにうとうとしてははっとして目覚めるということを繰り返しながら朝を待った。

朝食の野菜スープも、ケリーは器の半分しか受け付けなかった。

その様子を見て、オリオは今日も一頭でふたり乗りし、もう一頭に荷物を載せることにした。

そのうち食欲が戻るかと思われたケリーだったが、宿の食事も、王都に帰還して屋敷で用意された食事もほとんど食べられずじまいだった。

ケリーの食欲不振や不眠、せん妄を起こす症状はよくなるどころか悪化していく。

任務を果たせず、騎士としての体を維持できない。それが近衛騎士としていかに致命的だったか。

そんな状態のケリーであったが、主人を生存させて戻ったオリオに、侯爵夫人だけはこっそりと部屋に呼んで感謝を伝えてきた。オリオはその後も主人の従者としてどこまでも従っていった。

第二章　国王の相談役

第六話　八年後の王都の噂

【初夏　アンシュリー男爵領】

ケリーは王国南部にある男爵領での療養を続けていた。

地元の農家が届けてくる小麦粉による、できたての輪投げパン、丸パン、棒パン、白パンなどが毎朝寝室まで運ばれてくる。

新鮮な野菜。摘みたての果物。搾りたての牛乳がケリーの眼前にならぶ。

茫然としていたケリーの青い瞳は、じょじょに人地からの恵みに向けられるようになっていった。

夜が怖いのはいまも変わらない。

医師の往診、薬師の薬湯、気持ちを落ち着ける香りに、夜通し明かりをつけ、寝室にだれかがいなければ眠ることができないままではあった。

それでも八年もの時を経て、食事量が増え、眠れる時間が延びたことでケリーの若い肉体は精神とともに快復してきた。

「おはようございます、ケリー様。よくお眠りでしたよ。今朝はお庭の見える露台で朝食をいかがでしょうか」

不寝番《ふしんばん》だったガイに替わって、オリオが朝の挨拶に二階の寝室を訪れた。

「……ああ、おはよう。そうだな。……なんだか、すっきりしている」

午前中の清々《すがすが》しい空気が窓から入ってくる。揺れる白いカーテンを眺めながらケリーは上体を起こし、寝間着を脱いだ。

灰色のズボンに白いシャツ。黄土色の厚みのあるカーデガンを羽織って、ケリーは二階の露台から庭を見渡した。

丘に建てられた男爵領主館からは、街が一望できる。

大きな街ではない。畑のほうが広いし、林と森、遠くに山、青空が広がるばかりの田舎である。

しかしそれがよかった。

ケリーの四肢を拘束してちぎり取るような地底の怪異とはまるきり縁のない風景。

地上の神の恵み深き大地と、地上の神の友たる天上の神による日の光。

輪投げパンは、中央に穴の空いた形のパンで、どっしりもちもちとした食感がある。甘さはなく、領地の特産物であるベリー系の豊富なジャムや、チーズクリームなどを好みで塗る。

殻を剥いたゆで卵はつるつるで、ナイフで半分に切ると、黄身と白身が目に鮮やかだ。

ケリーはそっとその半分を齧った。

このところずっと食事が美味しい。

パンを焼く匂いを嗅ぐと、唾液が湧いてくる。いままで自分の中にあるはずなのに見つからなかった食欲がようやく見つかったかというほど、空腹を感じる。

食べて、動けるようになってきた。

去年まで二階から一階へ下りるだけでも息切れしていたのに、夏の気配に誘われて朝と昼と庭を散歩するようになった。

近くの小川まで馬を走らせようかという計画さえ浮かぶほどだ。

体力が回復してくると、気力も湧いてくるもので、ケリーはちらっとそばに立っているオリオに目をやった。

「王都から何か届いたか？」

「ポンティン月報と若旦那様をはじめとした複数の方からお手紙が届いております。書斎の机に置いておりますが、お持ちしましょうか」

オリオが若旦那と呼ぶのはケリーの一番上の兄のことだ。

「いや、これから書斎に行くよ」

地方領主はみな契約しているだろうといわれる月報は、ポンティン商店がはじめた事業で、契約者に月に一度、王都や王国内の情報が送付されてくる代物だ。

ケリーが療養する以前に手書きのものから、木版印刷されたものに代わっている。やや字は読みにくいが、それでも画期的だと評判になっている技術だ。

月報はひとまず置いて、長兄からの手紙を開いた。

『ケリーへ

前回の手紙で調子がいいとのこと、なによりです。

思えばおまえがアンシュリー男爵領に旅立って八年になろうとしている。

おまえが療養するきっかけとなった闇の祠の件も、その後、去年まで祠周辺の東北地方から怪異が出現するようになり、討伐のため派遣された王国軍は足掛け七年の遠征となった。この期間が長いか短いかすぐに判断はできないが、怪異は消えたと王城で報告されたよ。

先日王都への王国軍の凱旋を見学したけれど、怪異は闇神の眷属かもしれないと親しい神官から聞いた。またそうなると、とても敵とは口にできない。このことが周辺国にまで噂されると我が国が闇神の不興を買ったと後ろ指差されることになるからな。

単純な頭の者が単純に考えると、祠を無理にこじ開けた件で怒った闇神が地上をしばし懲らしめたと考えたくなるだろう。

もう何度も書いているし、誤解しないでほしいが、祠の件でおまえを責めているわけじゃないよ。やるべきでない任務に、おまえがたまたま行かされただけさ。

その遠征のことだが結局、天神のご加護で撃退したということになっているが、結果だけ見たら陛下が望まれた闇神からの権威はいずこにある？

戦では天神の加護を得た武器を大盤振る舞いされたらしいが、天神神殿から陛下に神意が下りたとは聞かない。

開いた祠の扉はまた閉じたままだし、なんだかすべてうやむやになっただけではないか。

該当する領地の貴族たちと王国軍がひたすら疲弊しただけだ。得る物が何もなかった。

なにはともあれ、祠の件は終わった。王都に帰って来るなら丁度いい頃合いだろ。帰還できるほど体調がよいのであれば、近衛騎士団に一度顔を見せるのもよいだろうさ。

別に籍を返上しろとか、そういう話ではない。おまえの籍はもうケリーの枠という扱いで、我がロアンシュール侯爵の枠とは別に確保している。

だから王都に帰ってくるのが無理だというのであれば、それはそれでいいだろう。実際、アンシュリーの経営は順調そうじゃないか。そのまま領主として農地開発に励んでもいいだろう。

ただ、おまえの結婚のことを母上が気にしていることは忘れないでくれ。私としても母上には頭が上がらない。言い訳などあるなら、おまえから手紙なり近況なり伝えてほしい。

さて、話題を変えよう。現在、王都で一番の噂は『国王の相談役』殿のことだよ。

ものすごい美形ということだ。

父上は挨拶を受けたそうだが、目を奪われるほど男ながら美しく、挨拶以上の会話をできなかったらしい。あの父上が！　すごく雰囲気を持っているお人だそうだ。

あと、遠征軍を維持するためだという理由で、熱心に王国全土の税率を上げることを訴えていた一派が不慮の事故に遭ったそうだよ。馬車同士が激突したとか、別荘で梁《はり》が落ちてきて下敷きになっただとか。どうにも物騒《ぶっそう》な話があるよ。たしかに軍は金食い虫だからね。そうだとしても、ここ数年商業が盛んでそちらの収益は順調と聞く。無理な政策だったのさ。この手の話に興味あるかい？　興味があるならもうちょっと噂を拾っておこう。おまえも読んでいるだろう月報より、もう少し詳しく書いてやれるやもしれない。それでは。おまえの兄。

ディーンより』

六つ歳上の長男ディーンは、ケリーが後継争いの相手ではないせいか、次男に対してより昔から温和な対応をしてくれていた。

近衛騎士の籍の件も、ケリーの籍が残っていることで侯爵に対して与えられている枠が減らない、というのもディーンの当たりが柔らかい要因だろう。

(次期当主が心優しいことはよいことだ)

ケリーも自筆で返書をしたためることができるようになってからは、長男をくすぐるようなことを書いて送っている。

つまり手紙の話題は主に長兄の娘のことだ。ディーンは末娘のことが可愛くて仕方がないのだ。まだ一度も会ったことのないケリーに、わざわざ手の平大の額縁に収まった絵を送ってくるくらいには親ばかだった。

その赤ん坊の姪の絵は、この書斎の机の上に飾っている。

(家族か……。健康を取り戻せば、次なる問題に対処しなくちゃならないのだな)

元の自分を取り戻せたことはもちろんありがたい。

いつ自分が狂乱するかもしれないとおびえないでいられる日々のほうがいいにきまっている。

ケリーは頬杖をついて兄の手紙を広げたまま視線を彷徨《さまよ》わせた。

室内に灯はないが、窓からの日差しで十分明るい。

濁った硝子《がらす》の嵌まった、焦げ茶色の格子の窓。白い薄いカーテン。

（遠征が終わった……）

怪異が消えた。様々な憶測が流れたが、ケリー自身は怪異を地底からの使者ではないかと思っていた。そしてその使者たちは撃退された。

ずっと、なぜか自分を探されている気がしていた。

そんなことなかったのだ。

どっと安堵で肩から力が抜ける。ぽかぽかと胃のあたりが温かくなる。

（兄上の言う通り、こうして田舎で領主をしているほうが私に向いているのかもしれないな……）

それでも二十歳のころは王都で出世を望み、玉の輿を期待し、剣術を磨いて騎士として、男として異性に思慕され、同性と友誼《ゆうぎ》を結ぶことを求めていた。

やはり文化の華やかさも、権力の中枢も王都なのだった。

馬での遠出さえまだ実行段階ではないいま、王都への帰還など当然決断などできようもなく、とりあえずケリーは二通目を開封した。

送り主は伯爵家の次男。

年齢は同じくらいで、よく夜会で顔を合わせ、遊戯室で酒を交わした相手だ。内務大臣の部下に就職したと聞いている。

手紙を出せば必ず返事を書くという筆まめなところが大臣に気に入られたらしい。そしてその筆まめなところがケリーとも文通が続いている由縁だった。

挨拶やら気遣いやら近況やらが綴られていたあと、その単語がケリーの目に飛び込んできた。


『ラドネイド』


不思議な響きの名前だった。

文通相手の文章は続く。


『ラドネイド卿は、どこぞの国の貴族なんだが今となっては我が国王の私的な助言者であり、相談相手である顧問という立場となったのだよ。大臣閣下は相談役殿と呼んでいるがね』


朝食のあと書斎に来て手紙を読んでいたケリーは、ここまで読んで息を吐き、一階に下りて庭に出た。

ゆっくりと土を踏む。革靴の底から柔らかい草地の感触が伝わってくる。

(ベリー農園でも見てこようか)

ケリーの男爵領は南部地方のなかでも小高い丘を中心とした小さい領地ではあるが、涼しい気候を利用して住民たちはベリー類の農園を営んでいる者が多い。

ジャムにすれば長期保存ができるため、地味ながらよく売れる。

（ラドネイド……）

心のなかで名前を繰り返す。

耳慣れない名前だ。

目を奪われるほどの美貌の主で、押しの強い侯爵の父親が挨拶以上の会話ができなかったという話が気になった。そういう特異な人物がこの国の中枢にあらわれたことはよいことなのかどうか。わかるころには取り返しのつかない事態になっていることが多い。

（……あまり、悪いことばかり想像するのはまずいな）

厩《うまや》の方向に歩いていた足を止めて、ふうと息を吐く。伸びている前髪を指で梳《す》いて、また庭を眺める。

せっかく心身共に快復してきているのに、未来を憂えていまの精神の均衡を崩すのが嫌だった。

（私ひとりが心配したところでどう変わるものでもない。陛下の近臣たちが見張るべきものだ。私は、近衛騎士に復帰するか、籍だけ延長するか。そう、自分のことだけ考えよう）

この領地にいる限りは、その考えを貫けそうだった。初夏の風も気持ちよく、ケリーの心が軽やかでいられるように助力してくれている。

『国政は相談役殿のおかげか、陛下が迷うことがなくなりこれ以上なく順調といえますでしょう。いや、これまで妨害や余計なことばかりしていた者たちが自滅してくれたおかげかもしれません。自然と消えてくれて、我々はまっすぐに道を進めばいいだけなのですから。

ちょうど東北への遠征も終わりその分の国庫への負担もようやく減ります。我々の国の未来は明るいと私は信じております。訳知り顔の王都の享楽者（役なしの貴族）どもは、「なにやら異国の方が来てから王城の雰囲気が悪い」などと相談役殿に対して陰口を叩いておりますが、根拠のないことです。むしろ相談役殿の美貌で周囲は華やいでおるくらいです。まったく、いつになってもああいうことを軽薄に口にする者たちがいなくならないことは憂えることです』

完全に足を止めて手紙の内容を振り返っていたケリーは大きな音を耳にして意識を戻した。裏の通用門。何かの業者だろう。

とぎれとぎれの会話から、粉ひきが来たのだとわかる。

麦もとうもろこしも粒のままでは食べにくい。臼でひいて粉にしてこそパンにできる。王都の侯爵屋敷や騎士の宿舎に住んでいたころなら頭の隅にすら引っかからないことだった。

自分の体をまっとうにしてくれた健康な食べ物のひとつひとつが、こうして農家の労働によって自分の口に運ばれてくるのだ。

そう思うとケリーは自然と涙ぐんでいた。

かといって、粉ひきの男に声をかけるでもない。そこは根付いた貴族の矜持《きょうじ》があって、だれか特定の者に感謝を言いたいわけではなかった。

ケリーは急いで領主館に戻り、一階にある四人も入れば窮屈な礼拝室に飛び込んだ。

地上の神は麦の束をもつ男神だ。麦の穂で顔は見えず、ただ、大地に立つ賢者のような布一枚のいで立ちだ。

ケリーの感謝の念は神に捧げた。

三段ある一番上の段には神像が設置されている。二段目には供物。三段目には祈る者が両肘を置く。ケリーは母からもらった麦の穂が刻まれた象牙の首飾りを両手で握り、その拳に額を当てる。

（大地の恵みに感謝しています。この豊かな大地に私は助けられました。多くの者が大地から恵みを収穫し、飢えを満たし、命を永らえています。我々は天にも闇にも住めぬ地上の者です。地神に生かされているのだと、この地に来て痛感しました。心からの感謝を）

若いころは国の中心である王都で暮らし、描けるだけ輝かしい未来を想像していた。

父から成人の祝いに属爵を譲ってもらっていたが、田舎男爵の爵位など「ないよりまし」という意識でしかなかった。代官を送って領地の管理を任せていた。領地の産業を興して領民たちの暮らしをよくするという意識は二十歳前のケリーの頭にはなかった。

それが、あの『闇の祠』開通の事件で心身を病み、王都で暮らすことができなくなり、田舎領地で療養すること八年。

ケリーが健康を快復することに伴って、領地の産物にも意識が向くようになっていった。

王都への旅路に耐えうる心身の健全さを立て直している最中であるケリーは、八年前に描いた自分の未来に共感を抱けなくなっていた。

第七話　夜会での出会い

【同年　晩秋　王都　ロアンシュール侯爵屋敷】

ケリーは八年ぶりに王都へ戻った。

王都の侯爵屋敷の主は八年前と変わらず父であり、長兄ディーンは父の代わりに領地と王都を行き来している。

馬車から下りたケリーは、玄関を開けた前室にそろって出迎えに来ていた両親に抱きしめられた。

「よく戻った」

「お帰りなさい、ケリー」

「ただいま戻りました。父上、母上」

「まあ、すっかり顔色がよくなって」

十代前半に背を追い抜いた母から頬を両手で包まれる。見上げてくる視線に微笑み返す。

「まあまあ、ふたりとも奥に行こう」

母の手を片腕に置いたケリーは、屋敷の執事にも声をかけたあと両親と一緒に階段を上がり居間に入った。

居間で世間話や談笑、長兄と、長兄の妻であり義理の姉、甥との再会。姪との初対面。

王都にいる一家での夕餉など、帰還後にこなすべき行事をすませて、ケリーは八年前に私室にと割り振られていた、本邸の西棟にある部屋に引っ込ませてもらった。

従僕の手を借りて寝間着に着替えたあとは、寝台に腰掛けてどっと疲れに襲われた。忠臣であるオリオは、侯爵に挨拶したあとで一ヶ月の休暇を与えている。

彼もケリーに付き合って男爵領に行く前までは王都で暮らしていたのだ。弟一家や知己も王都にいる。

オリオの代わりの従僕は侯爵屋敷から借りた。

その若い従僕をいまは下がらせて、ケリーはしみじみ、よくがんばったと自分を労わった。

男爵領から一週間以上の旅路。王都に入る前に身嗜《みだしな》みを宿屋で整え、使いを出し、帰還の日時を調整しての今日だ。

部屋や料理の追加等、迎えてくれる屋敷側の都合と合わせなくてはいけない。

(ああ、よかった……)

そんなあれこれがありつつも、つつがなく一日を終えられたことを地神に感謝した。

ケリーの両親も長兄も基本的に身内には寛容だ。

近衛騎士二年目で療養生活に入って地方の領地に引っ込んだ三男に対しても、優しい言葉をかけてくれる。

しかしこれもどこまで続くかはわからない。

貴族社会で面目を無くすような事件を起こしたり、跡継ぎの対抗馬になることでもあれば両親と長兄から見放されるだろう。そう、許容内のことであれば『優しい』のだ。しかしケリーはそれらを承知の上でよかったと安堵するのだった。

＊

その後ケリーは王都の社交に慎重に選んで参加した。

「アンシュリー男爵」

地方領主仲間での会食では、爵位で呼ばれることが多い。おのおの領地を有する爵位に立脚しているためだ。

「領地のジャム。我が妻も気に入っておりますよ」

「お口に合って幸いでした。あなたの領地のチーズは……」

話題は王都の噂話よりも自分たちの領地運営や収税、産物、治安のことになる。ここではケリーもよく喋った。

手渡された葡萄酒は最初に口をつけるだけで深酒はしない。

この八年、ほぼ飲んでいなかったせいか、体が受け付けなくなっていた。病み上がりだとわかっているのだろう、招待主も無理強いしてこない。

ケリーは近衛騎士の籍を残しつつ、王都の貴族社会で地方領主の貴族として振る舞った。

ここで近衛騎士の籍があるかないかで、貴族社会での箔付けが違ってくる。

国王と侯爵の取り引きで、ケリーの近衛騎士の籍のことは承認されている。だから王都帰還後すぐの近衛騎士団団長と副団長への挨拶でも、とくに叱責されたり、嫌味など言われなかった。事情を知る上層部ほどケリーに何も言わない。

あいかわらず、貴族たちが血筋と爵位と職種を自慢しあって毎夜夜会を開催している一方、ここ数年庶民層の市場が活性化し、働き口が増えた。そのため庶民たちの賃金がゆるゆるとだが上昇し続けているという。

数百年前の王族同士の諍《いさか》いで断絶していた隣国との通商条約が再締結されたという朗報も流れた。

「流通先が増えることは、我々には喜ばしい」

隣国に近い領地の男爵がそう言うと、近隣の領主たちも同意する。

ケリーの南部領地にとっては遠いが、悪い話ではない。地方領主仲間での話題はいつも明るい要素があって、話を聞いていて楽しい。

「私が地方に引っ込んでいるあいだに、随分風通しがよくなったのですね」

ケリーがそうつぶやけば、隣の席の口髭をたくわえた子爵がくすっと笑い、小声で囁いてきた。

「ええそうなんです。月報でご存知でしょうが、物理的に邪魔者がいなくなりましてね。我々にとっては結構なことが多いんですよ。アンシュリー男爵がご快復されてきたのはじつにいい時期ですよ。乾杯」

ジャムを溶かした香茶の杯をケリーは無言で持ち上げた。

「騎士ケリー」

王都から去って八年。籍だけの近衛騎士であるケリーのことをこう呼ぶのは、ケリーの古い知り合いであることが多い。

そして籍だけの近衛騎士のことをよく思っていない者が多い。

(呼びかけだけでわかるものだな)

おかげで心構えができるというものだった。

笑顔を貼り付け、どんな言葉が飛んでこようと自分は傷つかないと言い聞かせる。事前に問答の例文を母と作っておいたので、心の余裕の一助とはなっていた。

「おやおや、これは随分とご無沙汰していたお顔を拝見できました。これは！　本当に驚きだ。騎士ケリー。お体の具合はいかがですか」

「いや、懐かしい名前が聞こえたな。騎士ケリー？　お久しぶりですね。お名前だけは聞いておりましたよ」

「え、あなたが騎士ケリーですか」

夜会がはじまって一鐘刻ほどすると、酒の入った紳士面した騎士たちがケリーに近づいてきた。同伴してきた女性も置いてくるほど集ってきた。

「ご無沙汰しております皆さん。はじめましての方もどうぞよしなに。ロアンシュール侯爵ラルスランス家三男、アンシュリー男爵ケリーです」

ケリーは色のついた水の入った硝子杯を片手に笑顔で対応した。しかし今夜のための盛装の背中では冷や汗が流れた。

顔を引きつらせないように努力し、逃げ腰に見えないよう願いながら対応した。

今夜の招待者の顔ぶれは事前に教えてもらっていたが、同伴者がだれになるかは当日にならないとわからないところはある。

ケリーの王都帰還はそれほど大きな話題ではないが、戻ってきてすでに二週間以上を経過し、地方領主たちとの会食や、茶会には顔を出しているのだ。近衛騎士の身内の女性と会ったこともある。噂が広まるには十分な時間だった。

話しかけてきた三人の男たちは、飲み物を片手にケリーの正面と左右を完全に囲んだ。

全員、金髪に青い瞳の王国人。騎士をしているため体格もいい。そんな中ケリーは療養していたため体の厚みがなくなり、剣も握らなくなって久しい。後ろに撫でつけていた髪からはらりと一房前髪が額に落ちた。ケリーは自由なほうの手で前髪を撫で上げた。そんな仕草が見る者の目によって、儚《はかな》くも、軟弱にも、惰弱にも見えた。

「ちっ、これでいまだに騎士だって言うのかよ。籍だけ置いてりゃそれだけで騎士と名乗れるのか。いいご身分だ」

「騎士ブレット、酔っておられるのかな。口が過ぎますよ」

そうたしなめた騎士もくすくす笑っている。

陰口ではなく、こう面前で言われては、ケリーもはっきり反論しなくてはならない。

「諸卿に不愉快な思いをさせているとは恐縮ですね。ですが、私の遭ったようなことが今後だれに起こるとも限らないのですよ。そうなったときに、ただの怪我だと一時的な補償金で終わっていいというのですか？」

騎士の名誉という点ではなく、事故後の慰謝料という点にケリーは話をずらした。三人の内ひとりははっきり、「それはそうだな」という目をした。侯爵子息のケリーでさえ、こういう目に遭っているのだ。ケリーより身分が低い者が勅命で怪我をしてその後、騎士としての籍を抜かれて端金《はしたがね》だけ払われて終わりでは暮らしていけなくなる。

「それは、まあ」

「いや、騎士という仕事は……」

ケリーへの言葉の急先鋒をしのぎ、四人の内で二対二の話を持っていき、

「今後、騎士の補償金制度について整備していくよう献策したいと考えています」

前向きに話を締めくくる。

もはや近衛騎士への復帰を考えていないケリーとしては、この献策は本心だった。どうしたって籍だけの騎士は肩身が狭い。だからといって、危険な任務で怪我を負って切り捨てられるだけでは納得がいかない。八年も籍だけ置いておけたのも、父の爵位があればこそだったのだ。

事前に用意していた会話例だと、ここで終わるはずだった。

三人の内ふたりは同意して、「法令整備に乾杯」とまで言って持っていた杯を飲み干したのだ。

ケリーも同じようにした。

去り際、ずっときつい表情のままだった男が言った。

「すっかり騎士の気概なんざありゃしねえ。本当に籍だけだって証明したよな」

油断していただけに、最後の言葉は一見健康と見えるが、じつのところ薄い板で精神を守る砦を構築していただけでしかなかったケリーの防御をやすやすと抜けて深く刺さった。明らかに表情を変え、唇を震わせたケリーに、新しい声がかけられた。


「アンシュリー卿」


今晩、従兄の伯爵屋敷で開催された夜会。この名でケリーは何度も呼ばれていた。それなのに、彼の声は別だった。特別だった。

「アンシュリー男爵」でもなく、「騎士ケリー」でもなく、「アンシュリー卿」。

もっとも一般的で、広く呼称されるのはこの呼び名だ。

閑散としているとはいえ、ところどころで交わされた談笑さえ止まった。一瞬にして広間が静まった。

衝撃を受けて顔色を白くしていたケリーは、必死に青い目だけを動かして、声の主を探した。

まだ動揺はおさまらない。

騎士の気概なぞない。籍だけ。

(そうだ。もう私は騎士には戻れない。王家の剣などと名乗れない。鎧をつける資格なぞない)

これまでの剣の研鑽。馬術の練習。礼儀作法、教養。騎士となるべく幼いころより積み上げてきたものすべてが崩れ落ちていく。

本当なら胸を押さえ、うずくまり、肩で息をしたかった。しかしここは夜会で、衆目がある。まだ、ケリーを騎士としてふさわしくないとけなしてきた男たちが近くにいる。何も傷ついていない振りをしないといけない。なぜならここは王都だから。貴族社会の中心地で、面目が大事だから。

「私の名前は、ラドネイド。この国に来てまだ日が浅いものですから、恐らく私をご存じないでしょう。どうぞ、今後はお見知りおきください」

その美貌の人物は、白い肌にはっきりと青とわかる輝くような強い目、しっとりとした金に輝くまっすぐの長い髪が胸の下あたりで毛先だけくるくるとうねっている男だった。背はケリーより高く、体格はわからない。なぜなら夜会だというのに、袖に銀糸刺繍の装飾がある丈の長い黒いケープで全身を覆い、フードまで被っていた。顔と髪と手だけしか露出していない。それでいて、その顔こそぞっとするほど秀麗だった。天才彫刻家の一世一代の名作か、神々が残した聖遺物のような特別の存在のようだった。

「落ちそうだ」

柔らかい声音でそう言って、ラドネイドは気楽に近寄ってきてケリーがずっと持ったままだった硝子杯を奪った。

あ……とか、は……とか、口から息の漏れる音がする。

「はじ、め、まして」

苦心して絞り出した挨拶に、ラドネイドは目を細くし艶やかな唇に笑みを刻んだ。もう、それだけで静かな湖面に石を投げ入れたように、夜会の参加者たちは波紋を受けたごとく揺らめいた。次々に溜息が吐かれる。

踊るための演奏さえ止まっている。

「長らく療養されていたそうですね。少し顔色が優れないようだ。私も今夜は夜会を梯子《はしご》しておりまして、少々疲れました。控室にご一緒していただけませんか」

硝子杯を摘まんでいたはずの手が再び伸びて、今度はケリーの腕に置かれた。ただ黒い袖に白い手が添えられているだけだというのに、ケリーはもういざなわれるままに大広間を横切っていった。声をかけられる前の胸の痛みや激しい動揺は消えていた。ただ、背中だけでなく全身にぐっしょりと冷や汗をかき、ひどく寒かった。

広間から従僕の案内で控室のひとつにふたりして入った。

背もたれのあるふたり掛けの長椅子に、長方形の卓、火の入っていない暖炉と、全身の姿見。部屋の奥には大きな格子窓。白い艶のあるカーテンが造花の飾りのついた紐でくくられている。

大勢の視線から逃れて自然に息を吐いた。そこで息苦しいことに気づいて襟に人差し指を挟んだ。汗で濡れた前髪が額にまた落ちてきた。

「どうぞ、座るといい」

「はい。それでは」

後方からの声に振り返ることなくケリーはひとまず勧めに従った。

ボボッ！

腰掛けたとたんの、ふいの音に顔を上げた。

暖炉の飾り棚に片腕をのせてもたれて立っているラドネイドのすぐそばで、暖炉の中の薪が燃えていた。めらめらと踊る火は部屋に入ったときにはなかったものだ。

ケリーは青い目を暖炉の中の炎と、そのそばに立っているラドネイドに交互に動かした。

「いま、どうやって……？」

火打ち石の音も、熾火《おきび》を灰から熾《おこ》す音も聞こえなかった。

「アンシュリー卿がすごく寒そうだったので、いますぐ暖かくなるといいなと思いました」

返事はラドネイドのお気持ちだけだった。その続きがない。部屋に沈黙が降りた。ケリーは気まずさに全然寛《くつろ》げずにいたが、暖炉脇で立ったままのラドネイドが前触れもなく言った。

「ところで、今後はケリーとお呼びしてもいいだろうか」

「え。……え、ええ。その」

「もちろん私のこともラドネイドと呼んでください。初対面なのに失礼だったでしょうか？　ですが、あなたと親しくなりたい。ケリーと呼びたい」

あまりにもまっすぐな物言いは異国人だからだろうか。

どこかちょっと拙いともとれる言葉に、ケリーは微笑みを誘われた。汗で冷えたシャツが不快ではあったが、背もたれに上半身をゆだね、深く息をすることができた。

「ありがとうございます、ラドネイド卿。あなたさえよければ、どうぞケリーとお呼びください。

しかし初対面なのに、情けないところを披露してしまいましたね。私は近衛騎士なのです。籍だけのね」

「騎士の籍のことは詳しくわかりませんが、あなたを傷つける人は、私は好きではないですね。まだ寒いですか？」

自分の手を握り、指先がかじかむほど凍えていることに気づく。

「給仕に、温かい飲み物を頼みます。それに、そろそろ帰ってもいいかもしれません」

「もっと火の近くにくるといい。飲み物は私が頼もう」

そう言うと、ラドネイドは軽やかな足取りで扉に向かった。黒いケープがドレスのようにひらひらと舞った。首元から零れている金髪の毛先もくるくると跳ねる。

黒色の艶のある生地に輝くような金髪が揺れたからだろうか。金の髪の残像は、まるで光の帯のように見えた。金粉が散って幻想的ですらあった。

国王の相談役殿には目を奪われる――

真実だ、と視線でラドネイドの姿を追っていたケリーは思った。

第八話　二回会った仲

ラドネイドは年齢不詳の美貌の持ち主だった。

暖かい生姜入り香茶を飲み、馬車を呼び、控室で待っているあいだケリーはラドネイドに歳を尋ねた。

「ケリーより年上ですよ」

二十八歳のケリーよりは年上。それ以上はっきりとした年齢は教えてくれなかった。勘でしかないが、三十歳くらいだろうかとケリーは思った。

「私に用件があれば、私は普段、城にいます。門番に相談役ラドネイド宛と手紙をください。ケリーからの手紙は最優先で届けさせます。直接会いに来てくれてもいいですよ。それも門番に伝えてくれたらいい。ケリーに会いにすぐに行きます」

「は、はい」

やっぱりラドネイドからのまっすぐな好意に戸惑う反面、面映ゆい。

「では、また、機会があれば」

まずはお礼の手紙を出さなくてはいけないだろうとケリーは考え、ラドネイドとはここで別れた。

伯爵家の使用人に主人宛と、出席のために同伴してきた親戚の未亡人宛の伝言をたくして広間には顔を出さないで帰ることにした。両者に対していささかぶっきらぼうすぎるが、この時点で冷えた体がぞくぞくしてきていたケリーは帰宅を優先した。

侯爵家に帰宅後、浴槽に湯を運ばせて冷えた体を温めた。これで大丈夫と思ったものの、次の日からケリーは熱をだして寝込んだ。

二日後に熱が下がってきて、寝台上で筆記用具を用意させてラドネイドに手紙を書いた。

『伯爵家開催の夜会でお言葉を交わしたケリーです。卿には窮地を救っていただきました。感謝申し上げます。

すぐに手紙を出さず失礼しました。夜会の日に悪い風を浴びてしまったようで、次の日から寝込んでいました。しかしもう大丈夫です。こうしてペンを持てるほど快復しています。来週には城にあがる用事がありますので、ひと目会えますれば光栄です』

ラドネイドからの友好的な態度を回想し、それに励まされるようにして礼状をしたためた。

(……王都に来てからの疲れが出たのかもしれないな)

気を張っていた。何を言われても傷つかないようつねに心に鎧をつけていた。

そろそろ一ヶ月の休暇を与えていたオリオも戻ってくる。彼が帰ってきたら、もう少し緊張を緩めることができるだろう。

いずれ領地に戻るにしても、交渉ごとは王都のほうがしやすい。領地の産物を売る窓口をもうひとつふたつ増やしておきたい。

（献策についても、資料を集めておくか）

数日前の夜会で口にしたことではあるが、あれは何も相手を煙に巻くための言い訳だけで持ち出したことでもない。ケリーの心の片隅にあったことだ。

規則や法律等について資料を集めておいて領地でゆっくりまとめ、改定案など下書きして、見識ある者に送って読んでもらうのもいいだろう。

ケリーとしてはこれからの人生の軸を王都から南部の領地に移し替えようという腹積もりになっていた。こういったきっかけは、すべて八年前のあの祠の件ではある。療養で長期滞在したからこそ見えてきた地方のよさではあった。だが、あの祠の事件そのものに対しては、ケリーにとって忘れたい忌々しい過去でしかないことは変わらない。


午前にしたため従僕に渡したラドネイドへの礼状は、午後には返事が返ってきた。

同じ王都に住まう者同士ではあるが、迅速である。都会の者たちは田舎者より物事をせっかちに解決するが、それにしてもその日きた手紙の返事を急用でないかぎり即日返信などあまり聞かない。

『愛しいケリーへ
体調が優れなかったとは……！　もっと早く言ってほしかった。
これからすぐに見舞いに行きます。

ラドネイド』

ケリーはその短い手紙を寝台で読んで、ぱらっとシーツの上に落とした。

(え?)

シーツから拾ってもう一度目を通し、目をこすり、また読んだ。

(こ、これから、すぐ? 嘘だろ)

さきほど王都の鐘は四の鐘を鳴らした。秋の陽光は薄っすらと翳《かげ》ってきている。

格子窓から空模様を眺めたケリーは、寝台脇の台から鈴を鳴らし従僕を呼んだ。

「もしかしたらこれから急に客人が来るかもしれない。陛下の相談役殿だ。三十歳くらいのラドネイド様とおっしゃる。失礼のないように対応してくれ。私も着替えておくから、執事と厨房に知らせたら着替えの手伝いを頼む」

「はい、ケリー様」

ずっと寝台でごろごろしていたので体が重い。

そしてこんなにすぐ家族以外に会うのかと思うと、正直会う気分ではなかった。しかしそんなことも言っていられない。戻ってきた従僕の手を借りて寝間着を脱いで着替えていく。体を締めつけたくないのでギリギリ失礼にならない服装だ。

薄い灰色のズボンに白いシャツ。袖口と襟口のレースは昔からの定番で、時代の流行りによって幅や柄が変わる。短胴着は薄緑色。太腿まである上着は小さな青い宝石がボタン穴にならぶ深い緑色。室内履きも深緑色だ。

青白いほどに白い肌に、ふわふわした襟足の伸びた金髪、青い瞳のケリーによく似合う色合いの装いだった。

「ケリー様、ラドネイド様がいらっしゃいました。応接間にご案内しております」

「わかった。すぐに行く」

着替えたあとは居間の暖炉前の椅子に浅く腰掛けて待機していたケリーは内心、
わ！

本当に！

来た！

と、あわてながら従僕の呼びかけにすぐに立った。

「ケリー！」

侯爵屋敷一階の大事な客用の応接間で饗応を受けていたラドネイドは、入ってきたケリーに気づくと両手を広げた。

夜会の時は頭から被っていたケープのフードを背中に垂らしていた。しっとりとした美しい金髪が、肩から胸元に流れ、毛先を跳ねさせて近づいてくる。

「ああよかった。ケリー」

「ど、どうも、し、心配をかけたようで……？」

避けようもなくラドネイドの両腕に抱きしめられる。親愛の行為が、両腕の中に囚われたように思えてケリーはぞくっと震えた。

震えは一瞬で終わらず、悪寒のように途切れることなくぞくぞくした。

「おや、ケリー。まだ全快したわけじゃないようだ。こっちへ」

両腕に捕まったまま応接間の豪華な暖炉前に連れていかれる。

「……は、ぃえ、はい」

なぜか全身が震え続け、血の気が引いてくる。息が深く吸えない。目の前がチラチラして白くなってくる。品のいい花柄の壁紙。落ち着いた色の化粧板。今朝摘まれた花をいけた花瓶。

「ここに座って。私が支えているから」

後ろも見ずに、膝から力が抜けるような勢いでケリーは腰を下ろした。

弾む布の感触。暖炉正面に長椅子を配置していなかったはずだが、こんな短時間で従僕が移動させたのだろうか。

(侯爵家の使用人は有能だな)

まったく現状に関係ないことが脳裏をよぎる。

長い腕に力が入り、ケリーはラドネイドの黒い胸にもたれかかった。頬に金色の髪が触れる。見た目通りしっとりして滑らかでいい香りがした。

(……ああ、やめてくれ、はなしてくれ……いやだ……)

思考が霞がかってきて思いもしない感情が浮かんできた。同性の腕の中など恋愛ではごめんだが、慰撫《いぶ》に男女もない。ただの親切、異国人ならこういう親愛の行為も大胆なのだろう、と思うべきなのに。

「ケリー様のお具合が……」

「いまこちらに侯爵夫人が」

あの声はケリーに付けてもらった従僕。あの声は執事。

(はやく、わたしをこのうでから、のがしてくれ)

何度も瞬きしようとするが、すぐに閉じてしまう。ラドネイドの胸に預けている頭だって起こしたいのに、むしろ上半身から力が抜けていく。両腕はだらりと下がり、手の甲は長椅子の布に触れている。大きな手が後頭部に回り、指が髪のあいだに差し込まれ地肌をこすった。

ケリーは大きく身を跳ねさせた。

「あ!?」

その勢いで前に飛び出そうとするが、強靭《きょうじん》な両腕に縫い留められた。頭は顎の下に挟まれ、両肩を振っても腕に隙ができない。

「ああ、やめ、はなせ」

「大丈夫。大丈夫だ、ケリー。可愛いケリー。驚かせてしまったね。大丈夫だよ、ケリー。私は優しいよ。寝てしまってもいい、ちゃんと布団まで運んであげるから」

耳元で嬲《なぶ》るようにねっとりと囁かれた。

(いやだ、ねたくない)

ガタガタ震え、声もああ、うう、と言語化できない。また瞼が落ちてくる。着替えたばかりのシャツが冷たい汗で湿ってくる。

「――これは、ラドネイド卿。まあ、息子が――」

不在の父の代わりに、母が国王の相談役に挨拶しに来たようだった。三男の客として突然こんな大物があらわれてさぞ驚いたことだろう。

「先日の伯爵家での夜会でケリーと知己を得ることができたラドネイドです、侯爵夫人。私が一方的にケリーを気に入り、親交を結びたいと望んでいるのです」

ケリーを抱いたままだが、ラドネイドはきちんと挨拶を返し、存外ちゃんとふたりの距離感のわかっている内容を話した。

そう、仲良くなりたいと望んでいるのはラドネイドのほうだ。

(ああ、ははうえ、はやくこのおとこを、おっぱらってください)

なんとか耳だけで情報を得ているが、ラドネイドの腕の中で意識を失いそうだった。もう震えはなく、冷えた体で、ずぶずぶと眠りの沼に浸かっていくようだった。もしくは、下半身から感覚が麻痺していくようだった。

そんなケリーの気など知らずに、ふわふわした金髪の中にあるケリーの耳の耳垂《じすい》や耳輪《じりん》を、ラドネイドが無遠慮にも指で挟んで揉むように触ってくる。

本当にどうかしている。

まだ二回会った仲でしかないというのに、この何重にも壁を乗り越えて結ばれた恋人たちのような親密な行為はなんだろうか。

さきほど本人の口から「親交を結びたい」と言っていたのに、とうの昔に親交を結んだかのように振る舞っているのはどういうことだろうか。

「まあ、ラドネイド卿のような方に友人として見初められただなんて。ケリーには光栄なことですわ。ですがご覧の通りケリーは長年体調を崩しておりますの」

「ええ、体調のことは心配ですね。これからお付き合いさせていただく以上、十分に気を配って参ります。年下の友人としてケリーのことは大切に大切にしていきます。どうぞ、ご安心ください侯爵夫人」

「おほほ、まあ、頼もしいお言葉」

さすがの母もこのラドネイドの畏怖さえ感じさせる美貌と、国王直属の役職、さらに加えて恥を知らぬ押しの強さには負けるようだった。

ケリーは母の敗北を知り、意識を失った。

第九話　友人とは

（なんという型破り!?）

それが妻からの急使で急ぎ城から帰ってきたロアンシュール侯爵の第一の感想だった。

貴族社会の友情というものは、釣り合う身分のあいだだけで結ばれるものだった。それは庶民層でいえば「利益で繋がった仲」だと言うだろう。

だがそれが、貴族層でのもっとも友好な友人関係というものだった。

貴族社会の友情の結び方というものは、幼少時からの知り合いであったり、同じ家庭教師をもっていたり、親戚であったり、ごく近しい間柄からはじまる。

近親者でなければ、知人を介してや、同じ食事会に出席して紹介されるなど、正式な紹介を得てからお互いを値踏みして「友人」の地位を与えるに利益があるかないかという計算をする。

共通していることは、お互いたしかな身分をもち、紹介を経て、何度も繰り返し会ってお互いを知ってから友誼を結ぶのだ。

真に心を許せる友人という者に出会うことができたとしても、大ぴらに吹聴したりしない。大切なものほど隠すのだ。それを攻撃されないために。

ラドネイドは侯爵家を事前の約束なしで訪問後、応接間で倒れたケリーを、ケリーの私室まで両腕で抱えて運び、そのまま居座っている。

これには侯爵も驚いた。

国王に紹介された怪しい美しさをたたえた相談役が、自分の息子のひとりにべったりと張り付いているからだ。

それはもう、見るからにそういう愛で方のように侯爵夫婦の目に映った。

「あなた……どうなさいますの」

「かの方は異国の方だからな、そういう愛で方も隠すことがないのかもしれない」

「でも、この国ではこれほどあけすけじゃありませんよ。お教えしては？　……お教えして、どうしても我が家の三男がご所望であれば、こちらにも世間体があるのですとご理解いただきたいわ」

「……ご理解いただいたら……いいのか？」

「お断りできますの？」

一度息子の寝室まで様子を覗いてきたあと、夫婦の居間まで戻ってきた。そこでがっちり夫の腕に腕を絡ませて体を寄り添わせていた夫人が、鋭い視線を上にやった。

「せっかくあの子が健康になって、縁談をもっていきやすくなったのに」

「まあ、そうだが。相談役という地位は大きいぞ」

「ですが同性でしょう」

「ケリーの立場もご理解いただいて、息子の結婚も承知してくだされればいいのじゃないか？」

「でしたらそのようにお願いしますね」

早口で念押しされて、侯爵は口が滑ったことを後悔した。

家の外では抜け目なく振る舞うことなど造作もないというのに、どうしてか家の中では妻に隙をつかれてしまうのだった。


夜も九の鐘が鳴った。侯爵はラドネイドを書斎まで招き、四角形の卓を挟んで酒を硝子杯に注いだ。

「知り合ったばかりの愚息にお心遣いありがとうございます」

「ご子息は私にとってとても大切なので当然のことなのです。いただきます」

硝子杯をちょっと持ち上げてからラドネイドは口をつけた。フードを背中に垂らしたままのため、燭台に照らされた容貌は城内で見かけた際より破壊的な威力があった。公爵は気をしっかりもとうと妻の顔を思い浮かべた。

異国での前歴の裏付けは一応あるものの、相談役は魅力的すぎた。

当然、城の者たちはラドネイドを異国の間諜ではないかと疑った。その容貌の美しさで国王を誑《たら》し込んだと思った。

だが、ラドネイドは国の施策における貴族たちの提言に反論するでもなく、国王のごく私的なお喋りの相手をしているだけのようだった。

たびたび、公の場まで付き添わせていることもあったが出しゃばるでもなく、隅で立っているだけ。だれもが着飾る盛装のなか、ただひとり神官より地味な黒色のケープで全身を隠し、顔もフードを被っていた。そうであるためかえって目立っていたといってもいいし、手と髪と顔の一部しか見えないというのに、それだけの露出でさえ目を引いていたともいえるだろう。

侯爵はそんな城でのラドネイドだけしか知らない。

数度の挨拶と、会釈を交わしただけの仲だ。

「異国の酒ですが、お口に合いますでしょうか」

「大地より生まれし作物は、大地に立って暮らす現状、すべてに感謝して口にすべきものです。ですので今宵の私の口からは感謝の言葉しか出ません」

思わず侯爵はふふっと笑い声を漏らした。こんな受け答えができる人物だとは予想もしていなかった。なるほど、国王が側に置きたがるわけだ。他にないほど見目麗しく、諧謔《かいぎゃく》も理解し、憂さを晴らしてくれるなら。

(しかしながら、相談役殿が我が愚息を愛でるとなると陛下に嫉妬されないか怖くなるな。肝心なのはそこよ)

男同士でも男女のように嫉妬するものだ。

恋愛感情にも似た激情が身体を走るものだ。

その激情を国王が息子に向け、余波を侯爵家が受けてはたまらない。

「卿はこの国においての男同士の友情についてご存知だろうか。誤解がないように、直截《ちょくさい》に言うならば、男同士の恋は『秘めたるが花』と謳《うた》われています。それが我が国の文化風習です」

「つまり？」

「ええ、つまり、ケリーのことはご友人とおっしゃってください。恋人、愛人と世間に吹聴されますと、お互いの外聞が悪くなります」

「ふむ」

ラドネイドが濡れた唇を舌で舐めた。唇は蝋燭の明かりに照らされていっそう艶めかしい。

「ではケリーを『我が生涯の友』であり『命に代えても惜しくない友人』であり、彼のためならば私はなんでもすると公言してもよいわけですね」

侯爵は酒を注いでいた硝子杯を卓に置いて、代わりに水を入れておいた杯を持ち上げた。酔った頭で聞き続けられないと判断した。

「卿、あなたは、まだケリーと会って二回目と聞きましたが……どうしてそこまで」

「なに、何度繰り返し会ってもわからぬ者にはわからぬであろう彼の魅力を、私はたった一度で見初めたというだけのことです。侯爵」

「はい」

「ケリーが欲しい」

青い目で射貫《いぬ》かれ、何も考えられなくなってくるが侯爵は首を振って思考停止から逃れようとした。

「……あなたは、陛下の、相談役、だ。息子と我が家を、巻き込まないで、ほしい」

青い瞳が何度も瞬きした。

それでようやく呪縛から逃れたように、侯爵は横を向いて息継ぎした。この美貌の主と正面から対峙して飲むなど、愚かな行為だった。

「へいか……ああ、あの……。私が『年下の友人』を我が懐に抱いて愛でることに陛下の何が関係するのです？」

友人と言って隠せと助言したのはこちらだが、『友人』と言い換えても限界はある。

「陛下はあなたをお側に置いて『友人のごとく』接しておられる。そのご友人が、他の友人を得ては、面白くないと感じられるのではないでしょうか」

ははっ。

はじめて聞いたラドネイドの笑い声は乾いていた。

はは。

また笑ったと思ったら、硝子扉付きの書棚がカタカタと音を立てた。卓の上の酒瓶が微かに移動し、硝子杯がチーンと高い音を立てた。

「なんだ⁉」

侯爵は立ち上がり、廊下に控えている従僕を呼ぼうとした。そこにすっとラドネイドが片手を上げて制してきた。

「――軽い地の揺れですよ。もう止まりました。火山のある国に多い、大地の震動です。どこかの国で大きな地揺れがあって、ここまで響いてきたのかもしれません」

「なんと。それは明日、城に上がったら情報を集めないといけませんな。父の代からこの国で地揺れなど聞いたことがないというのに」

「地底との交流が進めば、そうも言っていられないのでは？」

「え？　ラドネイド卿は地底にお詳しいのですか」

「長年没交渉だったこの国の人々と比べれば知っているでしょうね。話を戻しますけれど、私が私の友人といくら親睦を深めようと陛下が口を出してくることはありません。私の『大切な友人』には何もさせない」

「そうであれば息子のためにも嬉しいのですが、なにはともあれ、あなたの言葉だけでは。私は陛下の臣下です。その御心を傷つけることはできかねる」

「では、その陛下から私とケリーの友誼を認めると一筆いただきましょう。それで安心できますか」

「――本気ですか」

「私とケリーの友誼にだれも口出しを許さないと書いていただきましょう。生涯の友だとも承認いただこうかな」

また酒を飲んだラドネイドの目は細められており、正面の侯爵の背後の壁を見つめ、硝子杯から覗く唇は笑みを描いていた。ぞっとするような凄みのある笑みだった。顔の造形が整っているからこそくる迫力というより、本来の印象の怪しさからくるように思えた。

だからもう遅かった。

「『友人』でかつ、国王の承認があれば、この国では大手を振ってケリーを愛することができるのですね。今宵はよい助言をいただきました」

「どうか、どうか……ラドネイド卿、手加減のほどを……」

目の前の御仁は決めてしまっていた。

この国の最高権力者に直接ものを言う立場にある者に、その決意を撤回させる余力が今夜の侯爵にはもう残っていなかった。侯爵は今日一日の生命力を使い果たしたごとく、一鐘刻もない間に老けてしまっていた。

翌日、侯爵は昨夜の地の揺れのことを記憶から失っており、後日、ラドネイドから提示された国王の署名入りの『ラドネイド卿とアンシュリー卿との友誼をここに認める』という一筆に膝を屈した思いがした。

第十話　友愛と利益

翌朝、ケリーの目が覚めたらラドネイドがいた。

「心配で離れられなかった」

と、寝台脇で椅子に腰掛け、顔を覗き込まれた。

憂いのある眼差しは頬が赤らむほど色気があって、寝起きのケリーには刺激が強すぎたため、ぎこちなく視線をはずした。

着替えるからと寝室から言葉を尽くして隣の居間で待ってもらって、案内から戻ってきた従僕に、前言通り着替えを手伝ってもらう。

「侯爵夫人が医師を呼ぶようにとのお言いつけでございました」

「では、午後に一度診てもらおう。往診を頼んでおいてくれ」

「かしこまりました」

昨日は応接間に招き入れたが、今日は侯爵本邸西側にある棟の二階、ケリーの私室である居間に招待する形になってしまっていた。

（いやほんと、出会って二回目なんだが？）

目覚めたら居間どころかもっとも私的な寝室で目が合った。こうなった以上、またわざわざ本邸一階の応接間まで戻ってもらうというのもばかばかしい。取り繕う気力もなくなっていた。

とにかくこれからラドネイドと朝食をとることになっていた。

従僕が出してくれた緑色のズボンに白のシャツと焦げ茶色のセーター。履物は昨日と同じ深緑色にした。私室の居間なので上着はなしで向かう。

窓際の円卓に先に座っていたラドネイドは、あいかわらず銀糸刺繍の装飾のある黒いケープを着ている。

フードは後ろに下げられ、格子窓からの日差しに負けないほど白と金色に輝いていた。

「お待たせしました。窓、眩しくありませんか」

「ケリーは眩しそうだ。カーテンを引いてもらおうか」

ラドネイドの言葉に従僕が動く。

「本当に、もう起きて大丈夫なのかい」

「午後に往診を頼みました。食欲はありますよ」

「それなら」

麦の旨味のつまった丸パンに、芋と肉のシチュー、キャベツの酢漬け、ゆで卵が朝食だった。香茶は湯気を立て、よい香りがした。

ラドネイドは丸パンを上下に割ってキャベツの酢漬けを挟み、がぶりといった。三口で食べ終わり、ふたつ目の丸パンは左右に割って、片方にはバターをたっぷり塗って一口で食べた。残りの片方はシチューに浸けて二口で食べた。

あとはスプーンでシチューをささっと口に流し込み、ゆで卵は殻を適当に割って、三分の一は殻のついたまま一口で食べた。

丸パンを四つにちぎってバターを塗っている最中だったケリーは、小さく口を開けたままラドネイドの豪快な食いっぷりに見入っていた。

「……お、はやい、ですね……。お代わりは？」

「いや結構。香茶のお代わりだけもらうよ。美味しかった」

「それはよかったです。地神の恵みに感謝を」

「ああ、大地の恵みはご自慢だろうからね」

異国人だと食卓での地神への感謝の定型文も違うのだろうか。

『地神の恵みに感謝を』と言えば『感謝を』と返すだけなのだが。

ケリー自身も気を取り直して食事を進めた。

卓の向かいで先ほどの食いっぷりはなんだったのかと思うほどラドネイドは静かに座ってケリーを見つめている。

じっとしたとたん彫像めいて見えてくる。造形がとんでもなく整っているからだろう。

丸パンにベリーのジャムをたっぷり塗る。これはケリーの男爵領産のものだ。

目を閉じてよく味わい、目を開けると正面にいるラドネイドと目が合った。無言で、ひたすら食べているケリーを見ている。ほとんど瞬きをしていない。ケリーは動揺を隠すように、ごくんと大きな塊を飲み込み冷めた香茶を飲み干した。

「あの……」

「はい」

あまりに凝視され続けているのでケリーは台詞をひねりだした。

「わ、私に付き合わせてしまいましたね。城でのお役目は大丈夫ですか」

「今朝、城に使いを出し、所在を明らかにしたので何か用事があれば呼び出しがくるでしょう。友人の看病をしているのですから、無粋な呼び出しはないはずです」

「私のことならもうご心配なく。一晩寝て体調も戻り、食欲もほら、平らげました」

「ええ、ケリーの食べる姿はとても愛らしかった。これから毎日だって見ていたいですね」

ラドネイドはにこにこしながら言った。

（いやこれは、人懐っこいとかそういう言葉で表現できないぞ）

引きつった笑顔を返しながらケリーはそう思った。

案の定、ラドネイドはケリーがどれほどもう大丈夫だとなだめても侯爵家から退去しなかった。午後の往診を同席させて医師からお墨付きをもらっても、「帰る」と言わなかった。

ケリー自身もその日は外出する気はなく一日屋敷内にいたので、必然的にラドネイドも屋敷内にいた。そしてそのまま本邸の客室ではなく、ケリーの私室のある西棟に侯爵と交渉して客室をもらい、そこで手紙を書いたり、城から衣服や私物を使用人に運ばせてきたりしだした。

家族がそろった夕食の席で父にこっそり「このままでいいのですか」と問いただした。その返答は「断れるものか」というものだった。

侯爵家当主としての判断が、無下にできないというのであれば、ケリーとしてもラドネイドの厚かましさを受け入れる――というより、受け流すくらいの心持ちになった。

(父上が相談役殿を追い出さないというのなら、私がむきになって追い払う必要はないな。卿の飲食代など父上にとっては安いものだろうし……何か、取り引きしたのかもしれないな)

国王に侯爵家の当たり障りのない情報だけを奏上してもらう代わりに、こちらにも国王の侯爵家関連のものを教えてもらう、そんな感じのことを。

そこらへんまで想像して、ケリーとしてはラドネイド強襲からの滞在を自分に納得させた。

それにしても、国王の相談役が侯爵家から馬車で城に出仕し、当然の顔で帰ってきて寝泊りし、ケリーや家族と同じ食卓にならんで料理を食べているという日常は不可思議なものだった。

＊

その話を聞いたのは、ラドネイドが侯爵家に腰を落ち着けて一週間が経過したころだった。

「落馬で？　……それはお気の毒に」

「熟練といえど、ほんの気の緩みでこういうことになるんだな」

長兄とケリーのふたりの午後の茶の席で、手紙を読んで教えてくれた話は騎士が落馬死したというものだった。

所属と名前を聞けば、ラドネイドとの出会いともなった夜会で絡んできた騎士のひとりだ。王国軍所属だったらしい。一度はケリーの薄っぺらい板で構築された心の砦を壊した男だ。その直後、とんでもない美貌の主に救われ、性格も予測不可能な異国の美貌の男に振り回されているうちに防御を破られた跡のことや、攻撃してきた騎士のことは失念してしまっていた。

それでもあの鋭い目つきをすぐに思い出せる。

侮蔑した物言いに奥歯を噛むが、嫌悪感はそれ以上湧いてこない。その騎士が事故で死んだと聞いたばかりだからだろう。

「王国軍騎馬隊に欠員が出るな」

長兄は騎士の空いた枠に、だれか押し入れたいようだった。籍だけの現役の近衛騎士としても、ちゃんと戦える騎士を推薦してくれとケリーは思う。なぜなら、騎士という武装集団の存在は国家の維持と、治安のためにも必要だった。

「……領地にいたあいだも月報でよく死者が出るなと思っていましたが、こっちに帰ってきても貴族の死者が多いなと感じるのですが」

「それは会食や夜会でよくあがる話題ではあるな。しかし、どれも事故や病気で不審死というわけでもないし、結局、皆たまたまだろうという結論になる」

庭に出した円卓には白い布が敷かれ、深い緑の芝に映えている。卓に肘を置いて頬杖をついた長兄は、片手で畳んだ手紙をひらひらと振った。

「こちらとしては都合がいいのでしょうね」

「あまりに風通しがよくなって、なんだか風邪をひきそうなのが正直なところだ」

庭に視線をやったままディーンは唇を尖らせた。

施策の邪魔をしそうな派閥の声の大きな者たちが自然に無言となるのだ。これ以上なく物事の通りがいい。侯爵の跡取りとして施策の根回しや数集め、下準備をしている長兄にしてみれば、施策を通すためあれこれと計画を練ったのに妨害も反論もなく計画が通り、張り合いがないのかもしれない。

「……八年前と比べれば、驚くほど街は清潔で、治安もいいと感じます。城にいると暗く感じますが、城下は賑わっていますよ。兄上も街を視察してみてください」

「そうなのか」

頬杖をついたまま、また視線だけ動かして長兄は返事をする。

「街は馬車で移動するだけで、市場の賑わいなど気にしていなかったな。麦が豊作なわりに値段が落ちていないとは聞いているが。おまえは街の噂にくわしいのか」

「会食で街を通るときに、外をよく見ていますよ。大手の商店の情報も集めていますから」

「ああ。伝手《つて》は作れそうか」

ケリーは香茶の注がれた杯を下ろした。

「……ラドネイド卿がエイジャ商店の商店長をご紹介くださると」

そう、ケリーがしぶしぶ言うと、長兄は笑い声を上げた。

エイジャ商店は王都の商店で五本の内に入る大商店だ。

「なんだなんだ、邪険にできない『押しかけ友人』に内心立腹していますと言っていたくせに！」

長兄にはちょこちょこ愚痴をこぼしていた。ケリーは顔を赤くした。

「そ、そ、それは、別に私がお願いしたわけではなくて、ラドネイド卿が」

「わかってるわかってる弁明しなくていい。おまえにだって利益があるなら上々じゃないか。この国らしいご友人関係というわけだ」

身分のある者同士の友愛は、利益の釣り合いが大事だった。それがこの国での認識だ。心を許し合った親友というものは歌に謳《うた》われるものであり、装飾されて語られる創作のようなものだった。真実そんな存在がいるなら、攻撃対象とならないよう隠すものであった。

貴族社会の友愛は、利益の釣り合う者同士のことを指すか、同性同士の愛人の隠語となって久しかった。

どこでどう間違ってしまったのかわからないが、この国の貴族社会ではそうなっていた。

幕間　オリオの叫び

王都でもらった休暇を消化して侯爵家滞在中の若い主人の元に帰ってきたオリオは、裏手の扉から入り、侯爵家を取り仕切る執事にひとまず帰還の報告をした。

すると、金髪が完全に白髪になっている執事がさらっと言った。

「ああ、オリオお帰り。ケリー様のところにご友人がご滞在中だから、ご挨拶して、失礼のないように」

「さようですか。かしこまりました」

事前情報はこれだけだった。

そして本邸の西棟にあるケリーの居間のある階まで上がっていった。

居間の扉をノックして、顔を見せた給仕にうなずく。

「ケリー様、オリオが参りました」

「ああ、帰ってきたのか。入れていい」

扉の向こうから会話が聞こえ、許しを得て居間に一歩入る。

その居間の中の光景。

ひとりは若い主人のケリー。その隣の安楽椅子に座っている見知らぬ男であるご友人。

（ど、ど、どなたですか⁉）

空気が甘い⁉

気安い態度⁉

このひと月で何が⁉

どう見ても恋人！

『ご友人』はそっちの意味か！

ケリーより五歳ほど年上に見える、非常に美形な男性が突如として身近に存在している。

しかし口にはしない。神妙な顔を意識して進み出て、一礼する。

火を入れた暖炉の近くの安楽椅子に座っているケリーがにこやかに応えた。

「オリオ、息災か」

「ただいま戻りました。ケリー様も顔色がよいですね。安心しました」

「休暇は楽しめたか」

「おかげさまで、ありがとうございます」

「――ケリー、紹介してもらえるかな」

声は深みがあり、外見を裏切らない魅力があった。だれも無視できない声音をしていた。

「あ、ああ……」

ケリーもオリオに向けていた顔を戻し、瞬きして年上の男を見上げた。

「ラドネイド卿、彼は父が私に付けてくれた忠実な従者であり、従卒でもあったオリオです」

麗人と呼びたくなるような美貌の主は、ケリーの隣の安楽椅子に座っていたが、オリオが入ってきてケリーが声をかけた時点で浅く腰掛け直し、身を乗り出してケリーの肩に触れそうになっていた。

フードを下ろした黒いケープ姿ながら、胸元に流れ落ちている豪奢《ごうしゃ》な金髪と、青白いほどの肌に、鮮やかすぎるほど濃い青い瞳の持ち主だった。

その視線から逃れるようにオリオは両足をそろえて深く一礼した。

「ふむ」

ラドネイドは軽く返事をした。下げた頭に視線を感じる。値踏みされているのだろう。ケリーの五十代の老いた老従者の何が気になるのだろうか。

「オリオ、彼はこの屋敷の客でラドネイド卿とおっしゃる。陛下の相談役をなさっておいでだよ」

ケリーに声をかけられて頭を上げたが、男の身分に驚く。

「オリオでございます。侯爵閣下からケリー様付きにと命じられ、こんにちまで付き従っております。ご無礼あらば、お許しください」

顎に手をやってじっとオリオを見下ろしていたラドネイドはケリーに言う。

「ケリーにとって、家族のような者か？」

「オリオは家臣ですから家族ではないですが、長い付き合いなのです。ですので、彼のことは信頼していますし、いないと困る存在です」

「家族に準じる存在というわけだな？」

「はい、そのような感じです」

そこまでケリーに確認してやっとラドネイドはオリオに口を開いた。

「そこな者よ、我が名はラドネイド。ケリーの『特別な友人』だ。ゆめゆめ忘れるな。そして私と彼の仲を邪魔せぬように。そこだけ気をつけておれば、私はそなたを許そう」

「は、ははぁ……！」

威風に慄《おのの》き、オリオはごく自然に両膝をついて床に頭を下げていた。

その後、なんとか顔合わせが終わり、居間から下がってからオリオは冷静になるまでちょっと時間がかかった。

侯爵家の使用人たちが休暇明けのオリオを見て、物言いたそうにひそひそしていた理由がわかったというものだった。

（もっと説明しておいてくれ！）

そうは思うが、あれを説明するのも難しいかもしれない。それでも心の臓に悪い。

（俺のいない一ヶ月のあいだに何があったんだ!?）

そう心の中で叫ばずにはいられなかった。

第三章　お近づき

第十一話　交流　一

【晩秋　王都　ロアンシュール侯爵家】

侯爵家に滞在すると決めてしまった客人に数日屋敷の空気はざわついていた。

朝食を一緒にしてから、ケリーは書斎にラドネイドは私室にと分かれていた。四半鐘刻（十五分）したらラドネイドはノックもおざなりに書斎に入ってきた。

「ラドネイド卿……入室には……」

ノックのあと許可を得てから入ってほしいと言おうとしてケリーは口を閉じた。

侯爵家滞在開始からずっと黒いケープ姿だったラドネイドが違う装いだったからだ。

白いドレスシャツ、濃い茶色の胴着、薄い茶色のズボンに黒い布靴。

胸元まで届く金髪は流しっぱなしで、いつも通り毛先がくるくると跳ねている。

「その服はどうされたのですか」

「もらった。それよりケリー。ケリーは夜、寝室にだれかを入れているのか？」

さっとケリーの頬は羞恥《しゅうち》で熱が集まった。

もう八年も経過しているのに夜ひとりで眠るのが怖い。

連れ攫われそうで。

四肢を引きちぎられそうで。

異物を挿入されそうで。

ざらざらな軟体物に嬲られそうで。

熱くて鼻と口を塞ぐような粘液をぶっかけられそうで。

ひたすら蹂躙《じゅうりん》されるだけの塵屑《ちりくず》のような目に遭いたくなかった。

こんな恐怖を抱いて夜震えてひとりで眠れないことを他人に知られたくなかった。

とっさに息を吐けず、ぶざまに息を喘《あえ》がせてなんとか呼吸をする。

「……よ、用事を言いつけるために、従僕を待機させて、います」

それっぽいことを言えたと思うが、ケリーの言い訳をラドネイドはふうむという顔で机の前に立ったままでいる。

「私が従僕を控えさせていることがおかしいでしょうか」

呼吸三つで自分を整えて言を加える。

ラドネイドは腰に両手を置いて、書斎の中を一周した。

「城では国王の寝室の控室に侍従がいた。なるほど、侯爵家だと寝室に一晩中従僕が控えているというわけか。私はこの国の習慣に無知だったよ」

「ええ」

そう思っていてください、とケリーは心の中で添えた。

「だったら」

話しながらラドネイドは机の端に腰掛けた。

「私をケリーの従僕にしてほしい。不寝番は私がしよう」

作った笑顔を維持していたケリーの口端がぴくぴくと動いた。

「あ、あなたは陛下の相談役です。だめですよ、ラドネイド卿」

「相談役を辞退したら従僕にしてくれるか？」

ケリーは呼吸が苦しくなりながら上体を前後させ、両手を振った。

「無理、無理です。釣り合いませんから……！」

一国の王の相談役と、一男爵の従僕。役職が釣り合わない。

「ケリィ」

語尾を甘く濁した呼び方。

椅子に腰掛けていたケリーは背筋をぴんと硬直させ、青い目を見開いた。手の平に汗をかき、息が浅くなる。右側の窓から入ってくる日差しがやけに眩しい。

こんなになにもかもにも動揺していては日常を送りにくい。

王都の暮らしだから苦しいのか。

目の前の男が時に怖いからか。

ケリーは無言で首を横に振った。

ラドネイドはケリーの背後にある書棚を眺める目つきになり、人差し指で自分の唇をたんたんと叩いて、ひとつうなずいた。

「よくわかっていないのにケリーにお願いばかりするものじゃないな。この話はここでやめておこう。違う話をしよう。エイジャ商店の商店長が王都に戻ってくる日取りがわかった。いつ呼び出す？　商店の見学がしたいなら訪ねてもいい」

手紙が届いたんだと、腰掛けていた机から下りて立ったラドネイドは言葉を継いで、ズボンのポケットに手を入れ、何もつかまずに手を出し、もう一度突っ込んで、今度は便箋を引っ張りだした。

(どれだけ幅広で深いポケットなんだ!?)

ケリーは脳内で問いただした。

ポケットに収納できなくはないが、ふたつ折りされただけの黄色の便箋は端がよれているわけでもなく皺ひとつない。

そして書斎に入ってきて以来、ラドネイドはようやく安楽椅子に座った。

そのひとり掛けの安楽椅子は窓際の端に置いていたものだ。いつの間に机前に移動したのか。

(……ラドネイド卿、私を怖がらせないでくれ)

この異国人の美麗な相談役が只者でないことはじわじわ理解した。彼は挙動ひとつで物事を起こすのだ。暖炉に火を熾し、椅子を移動させ、手紙を取り寄せる。

(あなたは高位の神官か、異国の魔術師か)

魔術などと絵本の話でしかないが、異国では職業としてあると聞いている。その能力があってこその国の王の相談役と抜擢されたのかもしれない。そうであるなら納得がいくのだ。

「まずは商店長をここに呼んで、商店への来訪を約束させるのが手順ですね」

「ではそうしよう。私の顔見知りだから私が呼びつける手紙を出そう。王都に帰ってきたその日でいいか。二日後で」

「帰還当日は酷では？」

手紙を左手でぶらぶらさせていたラドネイドは首を小さく傾げた。さらさらのまっすぐの髪が揺れ、毛先がぴょんと跳ねる。

「早く話を聞きたいとケリーが望むなら即日来たるべきだろう」

こういう言動はじつに貴族らしい。彼はやはり故郷の国では貴族階級だったのだろう。

「まあ、もうちょっと荷物整理と挨拶くらいさせる日程で、せめて帰ってきてから、三日四日」

「では五日後呼び出そう。手土産を持参させて」

「まあ、それくらいなら」

二日後に帰ってきて、その三日後に侯爵家に呼び出されるなどお気の毒に。でも即日でないだけましだろう。手土産に関しては慣例としてあることなので問題はない。

日時の打合せが終わるとラドネイドは書斎から去り、従僕経由で外出したと聞いた。その日の夕方、ラドネイドは一階の庭先にいたケリーの元へ西棟を外周りして会いにきた。

「ただいまケリー」

「お帰りなさい、ラドネイド卿」

またあの黒いケープ姿になっていたラドネイドは、ケリーの前までくるとフードを背中に落とした。金髪が橙色に染まりつつある空の色に染まって見えた。

「ケリー、寒いだろう」

そう言うやいなや、ケープを脱いでケリーに断りの言葉を言わす間もなく肩にかけた。

「ラ……っ」

人体で温まったするりとした感触の柔らかい布地。シャランと軽く鳴る装飾品の音色。岩を割った香りのあとにくる樹木の深い香り。

そのケープごと抱き寄せる強い腕の力。ケリーより少し高い位置にある目を、ケリーは見上げた。

「寒くありませんから」

「それじゃあ、私が言葉を間違った。寂しかった、だ。私が寂しかったよ、ケリー」

ケリーは視線をそらした。とても目を見ていられない。この正直すぎる台詞。素直なほどの感情の吐露。こちらのほうが恥ずかしくなって身の置き所に困る。

(私への好意、これ以上わかりやすい人っているだろうか。いやいやいや、なんて断りづらい人なんだ)

そのままケリーは西棟の私室までケープを借りた。

エイジャ商店の商店長を召喚する日が明日になった日の午後、侯爵夫人の私室にケリーは呼ばれた。

見せられたのは二枚の釣書。

ケリーは無言になった。

一枚目の相手は伯爵家次女、十七歳。嫁入り希望。

二枚目の相手は伯爵家長女、二十七歳。婿取り希望。

「我が家では、どちらもよいお話だと思っています。ケリーの男爵領がよく運営されているからこのまま嫁を迎えて継続するのもいいでしょう。

少し薹《とう》が立っていますが、伯爵令嬢の婿となるのもいいお話ですよ。この場合はアンシュリーを返還してもらうことになるけど、あなたの領地経営の手腕を伯爵領地で揮《ふる》えばよいでしょう。お相手もそれを希望されてケリー、あなたをぜひにと望んでくださっているのよ」

向かいの席に座っている母の話しぶりから二枚目の釣書がお薦めのようだった。

侯爵家三男、近衛騎士の二十八歳の従属男爵、しかし八年の療養明けの男となれば、二十七歳の伯爵令嬢もまずくない話だ。

釣書にある令嬢の肖像画も美しく描かれている。この絵のどこまで本人に似せているかわかったものではないが。

「よいお相手をありがとうございます、母上。数日この釣書を預かっていてもよろしいでしょうか」

「ええ、よい返事を待っていますよ」

侯爵家三男として、何も実家に返せていない身としてはどちらかの相手に決めなくてはいけないだろうと、母の笑みを見つめながらケリーは思った。

本邸の侯爵夫人の私的空間から出て、一階に下りて西棟に向かっていると、軽い足取りの音が聞こえてきた。ケリーの背を追うかのようだ。

釣書を自分で持ったまま、ケリーは振り返った。

いくつかある扉、そのすべてが開け放たれて、ただ、まっすぐな廊下となっていた。

そこにただひとり、背の高い、胸元まである金髪を揺らしてラドネイドが近づいてくる。

いつも閉じられているケープの中央が開き、黒いズボンと白いドレスシャツが見えている。足首まで届く裾はひらひらと舞い。窓からの日差しに黒の生地に濃淡が生まれている。

黄色や橙の晩秋の色彩の中からはっとするほど美しい黒い衣装をまとった人物が飛び出してきたかのようだった。

「ただいま、ケリー」

「は、はい」

息も乱さず嬉しげに駆け寄ってきたラドネイドに見惚れていてケリーは一瞬返事を忘れた。

「帰ってきてすぐに、しかも一階でケリーと会えるとは」

「お、お帰りなさい」

こんなささいなことに手放しで喜ばれてしまうと、ケリーとしてはひたすら面映ゆい。

「あ、今日は私、寒くありませんから」

「そうか。私もケリーの顔を見ることができていまは寂しくない」

今回はケープで包まれることは逃れることができたとケリーはこっそり安堵した。

そのままふたりは肩をならべて西棟まで戻り、ケリーはラドネイドの私室前で別れの言葉をかけた。

「それでは卿、夕食の席で」

「いや、お茶をもらう」

「私はこれから書斎へ行くのですが」

「ケリーを眺めながらひとりで茶を飲むよ」

「卿がそれでよいのなら」

もういまさら押しかけお茶会をひとりで開催されても驚くこともなくなっていた。ラドネイドにはケリーへの好意しかないのだ。このまっすぐな好意を浴びせかけられ続け、すっかり懐いた甥か姪のようにもケリーはこのごろ感じてきていた。

なにせあまりにもあけすけだったので。

従僕に指示を出して、書斎にふたりして入った。

ケリーが机の上に釣書二枚を置いて振り向けば、ラドネイドは窓際の小さな円卓のそばに立っていた。黒いケープを脱いだところのようだ。その青い目が机の上に注がれていた。

無言だが、とてもとても『それは何か』と問われている気がした。

「……卿が我が友人であるのなら、喜んでほしいのですが」

「何だろう」

途中、侍女たちが入室を求めてきて茶会の準備が進められた。

ラドネイドは窓際の席に座るどころか、机の前に移動してきて釣書を見下ろしている。

侍女たちが書斎から退出していった。しんと、静かになる。

ケリーは机の上の釣書を見下ろしながら言う。

「ラドネイド卿、お茶をどうぞ。冷めないうちに。飲みながら聞いてください」

「茶などいくらでも温め直すことができる。話の続きを」

ラドネイドの声がいつになく硬い。

「ええ……はい、机のこれは釣書です。縁談が二件」

「だれに？」

「もちろん」

私と言おうとケリーが顔を上げると、午後の明るさで満ちていた窓の外が真っ暗になっていた。

（え？）

室内はそのままの明るさなのに窓の外が暗い。

ケリーはぐるんと部屋が一周するようなめまいを覚えた。くらっときて半歩足を後退させたが、そのまま自分の体を支えきれず背後に具合よくあった両肘掛けのある安楽椅子に勢いよく倒れ込む。

午後の日差しで明るかった書斎の風景そのままに、視界の中で回転している。

「ケリーへの縁談か。受けないよな？」

ぐるぐる回る。

体も引っ張られる。

吐き気がこみ上げてくる。

ケリーは大きくひとつ喘ぎ、せり上がってくるものを抑えるように息を止めた。

「ケリィ」

その呼び方に心の臓がひとつ跳ねた。

「――母が持ってきた話だ。どちらかは受けることになるだろう。おそらく、私があちらに婿入りする話。こんな良縁はなかなかないだろう」

すらすらとだれかが喋っている。

「ケリーには私がいるのに？」

「――卿は『友人』だ。私が結婚したところでそのことは変わらない」

「いいや、結婚は神に誓うものだ。地神にケリーはその令嬢と誓うのだろう。だったら私は認められない。ケリーはすでに私と誓っている。同じことを二柱に誓ってはいけない。過去世はともかく、今世は私がここにいる。その身も魂も引き裂かれてしまう」

友人の良縁を祝うどころか、きっぱりと否定してきた。

それは躊躇もなく、この侯爵家に押しかけてきた時と同じように厚顔なほどか、それ以上だ。なにせ過去世まで持ち出してきた。

ケリーはひどいめまいに目を開けていることができなくてぎゅっと瞼を閉じていた。

それでも瞼裏《まなうら》で視界が回転している。それに釣られて頭ごとぐらぐら揺れる。

「――私は、卿と、誓ってなど、いない」

「いいや、そなたの魂は我が伴侶であるとすでに岩にまで刻まれているとも」

安楽椅子に仰向けでどっかり座り、四肢を放りだしていたケリーはその手足の先が冷水に浸かったかのように冷えていくのを感じた。全身が寒さで震える。冷や汗が止まらない。

大きくなんとか呼吸をしたところでケリーの意識は途切れた。

第十二話　交流　二

ケリーが気づくと翌日の朝になっていた。

寝台の中にいる。

（朝？）

肘をついて上体を起こすと、さらっとした肌触りに寝間着を着ていることを意識した。

（いつ寝た？）

昨夜の食事の内容や、昨日の午後、何をしたのかとっさに思い出せない。

脳裏に浮かんだのは、王都帰還後に毎日利用して見慣れた書斎の風景。その部屋の窓からは侯爵家の晩秋の花に彩られた庭を見渡せること。

「――テオ、いるか」

王都に帰還してからの不寝番を務めてくれている若い従僕の名を呼ぶ。

「テオ……？」

いつも座っている扉近くの壁際の椅子に目をやるとだれも座っていない。

するとノックもなくいきなり扉が開いた。

先頭はラドネイド、続いて従僕が両手で盆を持って入ってくる。

「おはよう、ケリー」

そう言ってラドネイドは窓際まで行ってカーテンを開いた。

「お、はよう、ラドネイド卿」

「ケリー様、お目覚めの牛乳香茶です」

「ああ」

寝台で朝食を食べる習慣はないが、だれかが気を利かせて手配してくれたようだ。

ケリーは断ることでもないなと寝台の中で上半身を起こし、温かい飲み物で喉を潤した。ラドネイドは寝台を見渡せる位置に椅子を置いて腰掛けている。

「テオ、ケリーの着替えは私が手伝う。おまえはケリーと私の朝食の準備をしにいけ」

「はい、ラドネイド様」

従僕は寝室を出ていった。取っ手のついた杯で牛乳香茶を飲んでいたケリーは、従僕がいかに簡単にラドネイドにより寝室を追い出されたかを見て、動揺のあまり目を泳がせていた。

「か……勝手に、テオを追い出さないでください。着替えはひとりでできます」

「今日のケリーの服は私が選ぶよ」

ごくっとケリーは牛乳香茶を飲み込んだ。

(ついに服まで決めてきた……)

他人に対する遠慮というものが最初からない人だった。

それが押しかけ滞在からの、食卓を同じくする行為に進んで、ついにケリーの着るものを選ぼうとしてきた。また一段階段を上がったようで、いったい自分たちはどこへ行こうとしているのか。

「ラドネイド卿、昨日、私がどうしたか知っていますか。気づいたら寝台で寝ていたようなんです」

「飲み終わったか？　ケリーが寝てしまったから寝台まで運んでおいただけだ」

飲み干された杯を盆ごとラドネイドが受け取りにきた。

「それから、ケリーが迷っていた縁談はどっちとも会ってみればいいのじゃないか？」

「え⁉　ええ⁉」

正直とても驚いた。

今回の縁談。一番の障害はこの目の前の男だと思ったからだ。

寝台に腰掛けて寝間着のボタンをひとつはずしてケリーはラドネイドを見上げた。

「釣書だけでどちらかを選ぶというのも薄情な話だ。ご令嬢それぞれにとにかく会ってみるのもいいのではないか」

「そ、そうで、しょうか」

「侯爵夫人にも同意を得た」

「母上に！」

もうそこまで⁉　昨日の母の笑みを思い出し、展開の早さにケリーは自分が無意識にいやいやいや無理だと首を横に振っていたことに気づいた。

「さあ、ケリー着替えようか。今日もいい天気だ。食後は仕事する前に公園に散歩でも行こうか」

もう話を変えにきたことにケリーは気づいたが、とっさに縁談のラドネイドの介入の件をどう非難しようか考えつかない。

とにかくよけいなお節介ではあるし、当人に無断で話を進めすぎであった。

しかし腹の底では安堵していた。

なぜだか自分への縁談にラドネイドが冷え冷えとした怒りを滲ませるのではないかと不安が渦巻いていたからだ。

（卿が、見合いをしてみてもいいのではっていうのなら、しても、いいのか）

自分の後ろ盾であり援護者である侯爵家からも勧めを断らずにすむ。

母の顔を立てられる。

侯爵家三男として生まれたからにはこれは受け入れなければならなかった話だ。

ケリーは小さく息を吐いて、気持ちを明るくしながら寝間着のボタンをはずし終わり、寝台の端にならべられているドレスシャツを取り上げる。

国王の相談役でありながら、ケリーのそばにいたいがために、この侯爵家の従僕になりたいと口走り断られていたラドネイドは、結局のところこうして初志貫徹している。

「私の服を出すなんて、あなたの仕事じゃないですよ……」

まるで従僕みたいに控えているラドネイドの腰のあたりを見ながらぼそっとつぶやく。するとラドネイドの白い手が動き、ケリーの寝間着のズボンの腰部分を引っ張った。そうして露出した腰紐の結びを一言の断りもなくほどいていく。

「あ、ラドネイド卿、自分で」

「ケリーの従僕の仕事をしている最中だ」

「私は、従僕にそこまでさせてな……」

急にラドネイドに抱き寄せられ、片腕で背中を押さえられたままズボンを引きずり下ろされる。

温かい布から露出した太腿の肌が粟立つ。

もがいて上半身を拘束から逃がそうとするがラドネイドの片腕が絶望的に重い。

背はラドネイドのほうが少し高いが、それほど体格に差はないはずだった。布越しにラドネイドの厚い筋肉と熱い血潮が感じられた。

「卿、やめてください」

すべすべしている金髪を頬に感じながら断固として声を上げれば、ラドネイドの青い瞳は楽しげに細められていた。

「だめだったか？」

「これじゃ着替えられません」

片腕で押さえつけられて悔しい。

距離が近すぎて息をするのも憚《はばか》られる。妙に顔が熱くなる。

ラドネイドが微笑みながら離れていく。そして用意していたズボンを手渡してきた。


その日の午後。

召喚に応じてある商人が侯爵家を訪問してきた。

その商人を庶民用の応接室に控えさせ、先に入ったオリオが、ケリーとラドネイドの来室を告げる。

「アンシュリー男爵、陛下の相談役ラドネイド卿の御成《おな》りです」

ケリーはラドネイドとならんで長椅子に腰掛けた。

呼び寄せた商店長は、絨毯の上で両膝をついて頭を下げている。

ケリーがオリオに合図を送ると、オリオが「名乗りを許す」と告げる。

「は！　お呼びにより、エイジャ商店の商店長を務めておりますエイジャム参上いたしました」

訪問を許されたエイジャ商店側からの礼の品の目録はすでに提出されており、ケリーは目を通しながら言った。

他国に出国していた商店長らしく、他国産の布や香辛料を惜しみなく貢いできている。

「帰国したばかりの忙しい時期に招いてしまったな。店は大丈夫か」

話しかけられた商店長は、ここではじめて顔を上げた。

商店長は中肉中背の五十代後半くらいの顔艶のいい男で、白っぽくなった豊かな髪をすべて後ろに撫でつけ、同じ色の髭が顔半分を覆っていた。

両の青い瞳が、じっとラドネイドに向かい、十を数えてもケリーを瞳に映さない。これは仕方がない。何度見たってラドネイドの美貌を無視できようもない。

いつもの黒ケープ姿でもなく、ケリーより楽な服装ながら白のドレスシャツと短胴着を着ているだけでも華やかさが増している。

「エイジャム、店は？」

ラドネイドがうながすと、ようやく商店長がはっとした。

「大変失礼いたしました。息子をはじめとした店員たちが総出で荷物を整理してくれておりますので、私ひとりが抜けましても問題ありません」

「それならよい。では――」

商店長の視線を受け、ケリーは会話を引き受けた。軽く世間話をし、ケリーの領地の話を続けた。

商店長は微笑み、すべて承知だというようにうなずいた。そこまで話が進むとずっと黙っていたラドネイドが口を開いた。

「エイジャム、ケリーがそなたの店を見学したいらしい。都合はどうだ？」

その反応はつねになく早かった。

ケリーが話しているあいだはずっとケリーに注がれていた視線はあっという間にラドネイドに釘付けになった。眼力も瞳の輝きも違う。

「いつでもおみ足を運んでいただけることをお待ち申し上げております」

白髪白髭の洗練された商店長は、恭《うやうや》しく頭を垂れた。

その後商店長は、形ばかりケリーを尊重する振る舞いをしてはいたがその忠誠がどこにあるかなどあまりにもはっきりしていた。

元々この商談の話はラドネイドが商店長と知り合いということがきっかけだったのだ。ケリーとしては商店長の態度がなってないだとか詰問する気はなかった。ただ、他者からラドネイドへ対するそれはまさに崇拝者となっている様子をまざまざと見せつけられたことに新鮮な驚きを得ていた。

六日後。

侯爵家の馬車を借りてケリーとラドネイドは王都のエイジャ商店へ向かった。

(ラドネイド卿さえ行けば商店長は全部受け入れそうだよな)

そうつくづく思う。

噂を拾えば王都エイジャ商店の商店長はそうとうのやり手だと聞く。それが先日の訪問ではどうだったろう。もうすっかり隣に腰掛けている国王の相談役に骨抜き。

(そうはいっても、自分の領地の物産の話)

組んだ足に肘を置いて頬杖をつき窓の外を眺める。

王都の大通りは馬車が行き交うことができる幅があり、店舗前を人波が流れている。晩秋の王都民の彩りは深い緑や茶色の衣服が多い。そんな中にある赤い襟巻がお洒落に見える。

ごとごと揺れる馬車の中、ケリーはこれからの日程を考えた。

(今日、エイジャ商店と取り引きの話をまとめて、母からの縁談を二件こなして、領地に帰るのはそれからだな。あっちは王都より暖かいから雪が降る前に帰れるか。春までもうちょっと王都の滞在を延ばそうか)

そうケリーだけの日程ならば領地に戻る時期など好きに選べばいい。

しかし。窓に映っている隣の男を見た。

（卿はどうするのだろうな。私に付いて領地まで来る？　陛下の相談役が？　来るとしても冬のあいだ王都の雪を避けてとか、かな。これまでの調子だと付いて来そうだよなあ……）

来ないと考えるにはいくらなんでも現実逃避すぎるというものだ。

六日前の朝の着替えを手伝うといって抱き寄せてきたラドネイドの顔が浮かんだ。細めた目。艶のある形のいい唇。きめの細かい白い肌。

『親しい友人』としての交際を迫られている。

（縁談は断れと言われなかった……だとしたら、卿は別に、私を独占したいとか、そういうのじゃないんだ）

そこらへんはこの国の貴族と同じ考えなのだろう。

家庭は家庭として持ち、『親しい友人』は『親しい友人』として持つのだろう。

異国人であるラドネイドはこの国の常識からはずれているところがある。そんな彼ならば、隠しもしない好意を伝えているケリーが縁談を受けることを嫉妬して断るよう言ってくるとどこか思っていた。

そうではなかった。

その点を、ケリーはこの王国の貴族の常識内として安堵し、本当にそうなのだろうかと小さな不審を残した。

大通り一等地にあるエイジャ商店の裏門に着いた。

商店長を侯爵家に召喚した日に、ケリーたちが行く際には、

「裏から入る」

と指示をすると、ラドネイドから店の正面から入らなくてよいのかと問われた。

ずっとラドネイドを熱のこもった目で見ていた商店長の視線すらケリーに向けられた。

「正面入口は庶民が利用しているだろう。たまに見かけるが繁盛している。今回はラドネイド卿も同行してくださるからな。陛下の相談役殿をあまり有象無象《うぞうむぞう》の目にさらすのもよくなかろう」

正直なところ、まだ人の目の多いところでラドネイドとの仲をひけらかす気になれないでいた。いずれそうもいかなくなるだろうということはわかっている。ラドネイドから何度か王都の中央公園に散歩に行こうと誘われている。あそこはよい仲の男女が腕を組んでかならず行く場所である。『よい仲の友人同士』も行く場所でもある。

そこにいずれ引っ張り出されるにしても、もう数日猶予があってもいいはずだ。

まだケリーとラドネイドがそういう仲だと知る者は、侯爵屋敷内と、城のごく一部のはずだった。そういう仲もなにも、いまのところケリーがラドネイドから『親しいご友人』を押し売りされている真っ最中である。そしてそれを断れない状況なのだ。

「いいな、商店長」

「ご配慮くださりありがとうございます」

ケリーの希望ということでラドネイドもそれ以上問いを続けなかった。

そんなわけで当日、ケリーは御者が用意した台を踏んで馬車から下りた。先に下りたラドネイド

が手を差し出していたので、それには白い手袋をした手をそっと申し訳ていどだけ置いた。

(また従僕ごっこかな)

そう思わないといまの笑顔を維持できない。

侯爵家三男の従属男爵の籍だけある近衛騎士の男と、他国出身者で現在は国王の相談役でいずれ子爵となる予定の男とではどちらの地位が上なのか難しいところである。

乗ってきた馬車が侯爵家のものだからということで、ケリーのほうが地位が高いという形式で乗車してきた。

どっちがどの札を切るかでその場の上位者が変わってくる仲だ。

(もうさっさと子爵になってくれれば、こちらはひたすらへりくだれるのにな)

役職だけでなく爵位も所持してくれたら話が早い。だが、そうでないいまは、爵位だけならケリーが上であり、役職にしても国王との親密さは相談役が上だが、近衛騎士という地位も考えに含めると……ひとまずこの場はケリーが上位者として振る舞うことになっていた。

「ようこそお出でくださいました」

商店長と妻が頭を下げて出迎えている。裏門から扉までの中庭に従業員たちがずらりと控えて膝を折って頭を下げていた。

「お邪魔する」

「エイジャム、ケリーの見たいものをすべて見せるように」

「ははっ」

「まずはケリーに茶を出せ」

「どうぞこちらに」

今日のラドネイドはいつもの黒のケープで全身を覆い、頭にはフードを被って髪も収めて白い顔の一部と手しか外に出ていない。そのくせ口だけはよく出す。

「ケリー、今朝の雨で地面が濡れている。滑らぬように、手を」

「卿」

ひとりで歩けますと断ろうと振った右手の手首をつかまれる。するっと移動して、子供みたいに手を握られそうになって、さすがにそれは遠慮すると振りほどいて逃げようとした。

しかしその右手の手首を再びラドネイドの左手がひらめいて人差し指と中指と親指の三本で、捕まえた。胸の奥まで刺されたように、ひと息でしとめられた心地だった。

その後のケリーはラドネイドの勧めるままに店内を見分した。

第十三話　見合い　一

ラドネイドの紹介で知り合ったエイジャ商店との交渉はこちらの要求がほぼ叶えられた。唯々《いい》諾々《だくだく》とはあのことをいうのだろう、とケリーは帰宅の馬車内で思ったものだ。

それこそすべてラドネイドのおかげであったので、ケリーは隣に座っている男に頭を下げて礼を述べた。

「卿、本日は私のために骨を折っていただき――」

「ケリーの望みは私の望みでもある。礼がしたいというなら」

その日、商店の応接室内でもずっとまとったままだったケープ姿のラドネイドが黒いその塊からぬっと生やしたように腕を伸ばしてケリーの後頭部に触った。

ケリーははっとして身を引いた。しかし狭い車内。すぐに窓際に追い詰められた。

青い眼力のある目がじりっと近づいてくる。

日はまだ残り、馬車の窓は内側から薄いレースと厚い布の二重のカーテンで閉じられている。

「卿、礼は……っ」

一瞬だけ冷たい、と思った唇は押しつけられるままに、じわじわと温かく、熱くなっていった。

「んん……！」

それこそ両手で頭を挟まれ、ケリーはその手を離してもらおうとラドネイドの腕を叩き、袖を引き、揺さぶった。

「んん、ん」

ここで口を開いたら舌を入れられてしまうとケリーにはわかっていた。せめて顔をそむけるとか、手で相手の顔をどけるとかしないと制止の言葉を発することができない。

「熱い、口づけひとつで、と思ったが」

下唇に吸いつかれ、れろと舐められたあと、右側の手だけをわざわざ開いて耳に囁かれた。ぞくっと背筋に走ったのは官能ではあったが、動悸が激しくケリーはそれどころではなかった。

「ケリィ」

ぎゅっと目を閉じていたケリーは、その呼びかけに抗《あらが》えないように瞼を上げた。

すぐ目の前に青い瞳があった。青い炎のようだった。それ以外は真っ暗で、洞窟の中、ただひとつ燃える光源。

「や、え、ぇてくえ」

やめてくれ。

冷えた汗で全身を濡らしながらそう言うと、ラドネイドは少し離れてじっと両手の中のケリーの顔を眺めて、形のいい濡れた唇の両端を上げた。

許してくれるのかとケリーの緊張が緩むと同時に、口の中に左親指を突き込まれた。

「ん、な……？」

歯を触られ、頬の内側をなぞられる。

「ひゃめ」

涎《よだれ》が垂れる。

暴れたせいか撫でつけていた前髪がもうぜんぶ落ちてくる勢いで目を隠す。

親指など噛んでしまえばいいのに、なぜだか体の奥底から震えがくる。

強い力で腕を弾き返せない。もっと肘や、足でだって抵抗できるはずだ。ラドネイドのほうが握力があろうとも、もっとがむしゃらに抗えるはずだ。

「ケリーが口づけに慣れてないとわかった。すっかりおびえさせて悪かった。これからは毎日ケリーに口づけを贈ることにする」

そう言うと、ラドネイドはケリーの口の中から左親指を抜き、その左親指から手の平を伝い手首にまで垂れてきた唾液に顔を近づけて舐め上げた。

そのあいだじっとケリーの目を見ていた。

急に距離を縮められたケリーは馬車の後部座席と窓際の壁の隅に追い詰められたまま身を縮ませて、商談の成功のことなどすっかり忘れてすくみ上がっていた。

＊

ひとつ目のお見合いは商談から十日後。お相手は伯爵家次女、十七歳となった。

場所は相手先の伯爵家。午後の二の鐘。

今日の予定としては家の中で伯爵夫人立ち会いのもとお互いの顔合わせとお茶をして、馬車で移動して中央公園をお付きを供にしてふたりで散歩。その後ケリーは伯爵令嬢を家まで送って帰宅という内容になっている。

(見合いとは)

伯爵夫人と、それぞれの従僕や侍女が同じ部屋にいることは当然のことだ。

白い布が敷いてある円卓を囲む顔ぶれが、伯爵夫人、伯爵令嬢、侯爵令息、異国人の相談役ラドネイド。

(見合いとは……ひたすら)

事前に侯爵夫人から、侯爵家と昵懇《じっこん》にしているラドネイドが侯爵家からの見届け人として訪れることは知らせてあったらしい。

この伯爵家二階の広い舞踏室で四人が顔を合わせてから向かいにいるふたりの女性の視線がずっと隣に釘付けになっている。

(見合いとは……ひたすら異国出身の美男を鑑賞するということ)

ケリーはこの見合いが開始されてから社交的な笑顔を貼り付け、胸中で思索していた。

見合いにふさわしくケリーは普段の外出着よりさらに華やかさを演出していた。胸元のレースや胸の花、黒色の上着は尻を隠すほど長く、胴着は深い緑色に宝石のボタンのものだ。

ただ、同席しているラドネイドがいつもの黒色ケープ姿ではなく、侯爵家のケリーの私室ですごしているかのような装いなのだ。

あっさりとしたドレスシャツに、黒色の胴着に同色の上着。ただ、黒に映える真珠の三重の首飾りをしていた。しかしなにより黒に映えたのはラドネイド自身のしっとりした金髪だった。うっとりするような座像。

伯爵夫人も伯爵令嬢も視線を奪われ、息をするのも忘れたような顔をしていた。

今日の進行役であるはずの伯爵夫人が「あ……」「うぅ」としか発言しないため、ケリーが代わりに話を進めた。

「お互いの名前は……年齢は……。それじゃそろそろお茶を……美味しそうなお茶請けですね……趣味は？　ああ、私は絵画を眺めたりするのがわりと好きですよ。各国の香茶を飲んだりするのも好きです。若いころは剣術や馬術など体を鍛えることが中心でしたが、このところはこの国の豊かな文化に興味があります」

「そうなのか、ケリー。どこのどんな絵が好きなんだ？　まだ飲んだことのない茶葉は？　エイジャ商店から取り寄せようか」

話を進めたけれど、それに乗ってきたのは向かいの十代半ばの初々しい令嬢ではなくて、隣に座っている推定三十歳のだれをも魅了する美貌の男だった。

あなたじゃない――と、思わず横を向いてラドネイドを見た。その視線がラドネイドの形のいい唇に吸い込まれていく。

この唇。

何も塗ってもいないのに、ほんのり赤くて艶のある唇が。

昨夜も。

昨夜もラドネイドはケリーにおやすみの口づけをした。

なんとか避けようとしたケリーだったが、いつの間にか鍵をかけた扉すら開けてしまうラドネイドに、両親すら侯爵家から追い出せない相談役の男に、武力以外にどう対処していいのかわからない。寝室の壁に追い詰められ、いつかの馬車内の時みたいに、頭を両手で挟まれて舌で唇を這わされ、もはやあの時みたいに断固閉じておくことのできない口を開けさせられて舌の侵入を許す。

「ん、あぁ」

同時に膝を割られて太腿で押し上げられる。

これがあるからおやすみの口づけまでに薄い寝間着に着替えていない。厚手のズボンでせめて抵抗していた。

だからこれがはじまって以来、夜の口づけが終わってみるとケリーの体は熱いまま放置されて寝室に残されることになる。

ケリーは自分で始末をつけるまで夜番の従僕を呼ぶこともできず、ただ悔しい思いをしていた。そしていつの間にか不寝番がいなくともひとりで眠れるようになっていた。その効果は胸にしまい、してやられている日々に憤慨が湧いてくる。

――だから思うのだ、いったいどの面下げて『毎晩口づけしている親しい友人』の見合いに同席しているのか!?　と。

ケリーは母の顔を必死に思い描いて正気を保ち、伯爵令嬢と勝手に付いてくるラドネイドを伴ってなんとか見合いの行程を消化しようと勤めた。

「では中央公園に参りましょうか。快晴で、散歩日和ですよ」

「はぃ……」

声ちっちゃい。ようやく視界からラドネイドが消えてケリーが入ってきたようだった。白い手袋をしたお互いの手がこの日この時ようやく重なる。

深い秋の色彩が陽光に照らされている中央公園は、中央の池と、池周辺の散策道と花壇、敷地内の林と林道から成り立っている。

屋台などは許可制で、孤児院の子供たちが雇われて毎日清掃されていた。

「暖かくて散歩日和ですね」

思いつかなくて同じ話題を振っていた。

「はぃ……。暖かくて、よかったです」

令嬢の細い小さな手を腕に置かせ、行き先を導くようにふたりならんで歩く。

すれ違う男女とは軽く会釈する。

異国から帽子と日傘の文化が入ってきて、この王国ではそこに花の刺繍をすることが流行っていた。

ケリーは外出用の黒の帽子に緑色の花の刺繍の入った化粧帯を巻いている。

令嬢は鍔広の女性用帽子に、橙と黄色のドレスに合わせた花束の刺繍をこれでもかと施し黄金色の艶やかなリボンを長く垂らしている。

風で揺れるリボンは尻尾のようで、どこかラドネイドのくるくる巻いて跳ねている毛先のことを連想させた。

その当人は、ケリーと令嬢の三歩ほど後ろをひとりで歩いている。

黒の帽子は化粧帯までケリーとおそろいで、今日の衣装とまったく合わせていない無造作なものだが、この公園で彼を眺める者たちの中で気にしている者などいないだろう。

「アンシュリー卿は、ラドネイド卿とお仲がよろしいのですね」

「まだ出会ってひと月超えたくらいなのですよ」

「まあ、そんなに短いのですか」

「ええ、不思議ですよね」

令嬢の興味がどこにあるかがわかりやすい話題ではあるが、会話には違いない。彼女を機嫌よく丁寧に扱って家まで送るのが本日の務めである。

第十四話　見合い　二

ふたつ目のお見合いは前回のお見合いから十三日後。お相手はケリーの婿入りを希望している伯爵家長女、二十七歳。

場所は王城の第三庭園の東屋。午後の二の鐘。

いろいろの伝手を使っての場所設定だと聞いた。ケリーが二件の見合いをしてどちらかを選ぶと思われて、こちらの伯爵家が気張ったのかもしれない。

そんな相手側の思惑を考察しつつ、侯爵家での昼食後馬車で王城にのぼったケリーが思うことは、

(やっぱり、城は薄暗いな……)

ということだった。

陰から貴族の男が出てきてすれ違ったが、蠟人形《ろうにんぎょう》のように見えた。

ひとつ目のお見合いでは中央公園を周遊した。外だったせいか、陽光が降り注ぎ随分明るかった。笑い声があちこちでして、和やかな一日だったのだ。

(今日だって快晴なんだけどな)

王城内の明かりが足りないわけでもないだろう。

しいていえば王城の使用人や闊歩《かっぽ》している貴族たち騎士たちの顔色が悪い気がする。

（いや、いったいどうなっているんだ）

八年前はこうではなかったはずだ。

王都帰還後すぐに団長たちに挨拶するために王城の敷地に入ったが、あの時には久しぶりの上司たちとの対面に緊張して注意散漫だった気がする。いっそ周囲は全員敵だとくらい思っていた。平静ではなかったのだ。

そのようであったのに、滞在日数が延びて、食事会や夜会を繰り返し場慣れしてようやく冷静な目で王都の中心を眺めることができた。

上司たちとの対面も緊張の具合は計り知れなかったが、今回は自身の見合いなのだからまた違った緊張があってもいいはずだった。

いいはずなのだが。

「ケリー。秋の白茨《ばら》だ。もう見頃も終盤だな。帰りに束にしておまえに贈ろう」

黒のケープで顔と髪以外を隠した通常の姿のラドネイドが、ケリーの腰に手を置きながら耳元で囁く。

「……私こそ、白茨を今日の令嬢に贈らないといけないですね」

「ついでに作らせておこうか？」

「……はい、お願いします」

遠回しの注意とか牽制《けんせい》とか嫌味とか、周囲からの視線とかまったく全然気にしていない男が横にいると、初対面の令嬢との見合いを目前とした期待と不安といったありきたりの緊張がばかばかしくなってしまっていた。

王都に帰還してひと月以上経過している。

それなのに国王からケリーに対して召喚状はきていない。ケリーが錯乱した事件はもう八年前のことなのだ。ひとりの近衛騎士が失敗をしたという形でけりがついてしまっている。その後の東北地方への軍派遣が、話題や興味も全部攫っていってしまったのだろう。

だからいざ当事者のケリーが健康体となってお膝元に戻っても呼び出しするほどの関心がとうになくなっているのだ。

（もう、私は必要ないのだな……）

そのことがこのひと月半で、早くも冬が忍び寄るかのように心身に沁みてくる。

相手にされていないようで寂しい。

あれだけのことをしたのに忘れられて体の芯まで寒い。

解放されて清々しい。

もう命じた主の心にとってあの事件は過去でしかないのだと物思いに浸ってしまう。

王都への帰還は、過去への踏ん切りと、押しかけてきた『親しい友人』との出会いや、見合いをするという新しい門出へのきっかけとなったのだろう。

「相談役殿、これからお茶ですかな」

「友人のお見合いの付き添いです」

「おや、まあ」

如才《じょさい》なく声をかけてきた中年の貴族が、ラドネイドの返しに絶句していた。

青い目を丸くして見送られて、ケリーも内心同じ表情をしていた。

（そうですよね。見合いまで付き添う『友人』って、そこまでいませんよね⁉）

美貌の相談役の挙動が、これから王城で広まってしまうだろうこと。それをケリーにはどうしようもないことが脳裏をよぎる。

（私の噂って、籍だけの近衛騎士から、国王の相談役の『ご友人』としてのほうに上書きされていくのじゃないだろうか。むしろ陛下からそっちの呼び出しがあったりしてな）

くすっと心の中で笑おうとして、空元気は寂寥感《せきりょうかん》でかき消えた。

本日は、伯爵と侯爵の当主たちは別室で会合に参加中。夫人同士は王妃開催の茶会中という状況となっている。

東屋で待っていた伯爵令嬢のそばには付き添いの男爵夫人と伯爵家の執事がいた。

礼儀として少し遅れたケリーのそばには見届け人ラドネイド、背後に従者のオリオが控えていた。

東屋での茶会の用意は伯爵家が手配してくれていた。

ここを利用するにあたり王城に話を通したらしい。王城の侍女たちが台車を押して道具を運び、伯爵家の執事が茶を注いだ。

侯爵家のほうでも運んで茶菓子を持参していたそうだ。

そんな根回しや下準備があることを耳にしながらも、見合いの当事者であるケリーにとってはひたすらお膳立てされた席に逃げずに当日着席して、無礼な振る舞いさえしなければよいという身分であった。

（まただ……これは見た光景だぞ）

落ち着きのある二十七歳の令嬢と、令嬢の外出時に付き添う役割を担っている中年の男爵夫人の目がまたしても横に釘付けである。

ちなみに伯爵家執事は息を呑み、しばし我に返るまで時間がかかっていた。

王城の侍女たちは、ラドネイドが侯爵家に居候する前までは王城住まいだったので見慣れているせいか、令嬢や男爵夫人ほど目を奪われ絶句している状態ではなかった。侍女たちは白い頬を染めてちらちら盗み見していただけで耐えていたといえるだろう。

白い彫刻の柱がならび、庭が一望しやすく近づく者がいればわかりやすい、窓の大きな東屋は、赤い茨に囲まれた雰囲気のある場所だった。

（……石造りの、開けた場所の、東屋）

ケリーの脳裏で何かが引っかかったが思い出せなかった。王城のここほど美麗な造りの東屋は他にないが、他家でも東屋という建物には何度も行ったことがある。だからきっと、そのどれかを連想したのだろう。幼いころを懐古した可能性だってある。だからケリーはその引っかかりを深掘りしなかった。

「ようこそいらっしゃいました、アンシュリー卿」

口火を切ったのは放心している女性陣を見かねた執事だった。

「いえ、こちらこそお招きありがとうございます」

その後、これ以上なく準備された見合いの席での会話は、執事とケリーのあいだでだけ交わされた。

そんなケリーの横で黒いケープ姿のままラドネイドは香茶を優雅に飲んでいた。

口も挟まず、景色を見るでもなく、ほぼ目を閉じてふたりの会話に耳を傾けていただけだった。

「あの……ラドネイド卿は……」

半鐘刻（三十分）以上してようやく口を開いた伯爵令嬢は、見合い開始からずっと目を奪われていた男に呼びかけた。

壮年の執事が眉をひそめている様子がケリーの視界に入った。

（見合い相手、私だものな。それはそうだな）

ここまでいない者として扱われた席を蹴って立ち去ってもいいくらいなものだ。だがケリーの中では侯爵夫人の母が持ってきた話である以上、今日の予定（東屋での茶会と会話、庭の散策、帰りに伯爵か伯爵夫人との挨拶）をこなせさえすればああだこうだ文句を言うつもりなどなかった。

ここでごねて伯爵家からお詫びだのなんだのと話が長引いたり、ねじれたりするほうがなんとなく、ラドネイドの機嫌を取る必要に迫られそうで困る気がした。

実際は、母が持ってきた縁談二件をラドネイドも受けたらいいと言ってきたくらいなのだから、普通は、そうなることはないのだろうが。さすがにひと月以上付き合ってその言動で何度も振り回されてきた経験がある。

何をどう解釈して無茶なことを言ってくるかわからない相手なのだ。

ラドネイドも知っている今日の予定を無難にこなすほうがいいに決まっている。

「私に何か？」

平坦な声のラドネイドのいらえに伯爵令嬢はぽっと頬を染めてうつむいた。

また卓に沈黙が落ちてしまう。

そう、ラドネイドが令嬢に愛想よくする義理はない。この見合いの立場としては、ケリーの付き添いであり侯爵家からの見届け人だ。

侯爵家からはケリーの見合いがうまくいくよう力添えしてくれたら、という無言の期待はあったかもしれないが、ラドネイドがその期待に応えるかどうかは彼の一存であった。

（一件目の見合いの時も、ただ本当に同席しているだけの『友人』だったものな）

場が冷えたので別の銘柄の香茶に入れ替えてもらおうか、とケリーは考えた。だが、口を開くより先に令嬢が再び挑戦した。

「ラドネイド卿のお国では、意中の相手に想いを伝える場合は、どういう形をとりますの？」

さすが婿を迎えようという貴族の令嬢だ。ただ頬を染めているだけではない。

「相手が尊き身であれば想いを伝えること自体無礼です。伝えることができる身分同士であれば言葉や行動で伝える、という形ですね」

「まぁ、伝えることさえできないこともあるのですね……」

「このお国でもあるではありませんか」

「ラドネイド卿なれば、想い人にどう伝えますの？　お聞きしたいわ」

「私なら誤解をまねかないようはっきり本人に向かって言葉にして言います」

そう背もたれ椅子に上半身を預けて斜め正面にいる令嬢に答えていたラドネイドは、急に顔を横に向けた。隣の男に。

「——ずっと前から愛していた。ようやく会えたな」

ケリーは不意打ちを食らったように目を丸くした。それはケリーだけではなく、ラドネイド以外の茶会の全員が同じく目を丸くした。さらに、耳が赤くなるほど頬を染める者たちが続出した。

「……あぁ……っ」

ときめきすぎて一時背もたれにくったりとした令嬢が大きな溜息を吐いて、気を持ち直すまでしばし時間が必要となった。

なんだこれ、と思っているケリーも頬の熱さがとれるのに香茶一杯分の時間がかかり、そのあいだ小さなめまいを何度か感じた。

めまいは、

(ずっと前からって卿と出会ってまだひと月ちょっとくらいだろうに、大げさだな。いや、この人は表現がこれ以上ないくらいあけすけで、まっすぐな人だ。どこかで私を見かけていたとかあるのかもしれないな。こんな目立つ人が周囲にいれば気づくはずだけどな)

そんな推測をしているあいだ、くら、くらと脳を揺らした。

白い石造りの東屋、ずっと前から、ようやく会えた。

頬の火照りを感じる日向《ひなた》の世界とは別の、骨まで凍えるような薄ら寒い世界が存在するかのような、心もとない心地だった。

ケリーと伯爵家の執事が東屋での茶会の場をどうにかもたせ、ケリーと令嬢がふたりで王城の庭園を散策することになった。といっても、一件目の令嬢と同じように、三歩ほどあとにラドネイドが付いてきて、その二十歩後方に付き添いの夫人と執事とオリオがいた。

ケリーも令嬢も婿入り前、嫁入り前である。

完全にふたりきりにすることはなかった。

散歩先のその一角は、まさに色とりどりの茨の庭園となっていた。落葉低木の秋の茨は、花一輪でも見ごたえのある美しい種類が多い。

白茨の門をくぐり、道の幅が四人分はある小道をたどって行く。

「まあ、綺麗な黒茨」

ひときわ目立つ黒茨。特等席ともいうべき場所に植えてあった。

黒と呼びたくなるほど深い赤い色の花弁をしている。

華奢な女性の両手で、ようやく包み込めるかどうかの大きさだ。

「さすが茨の女王と呼ばれる種類ですね。気品がある。あなたには、あちらの白に赤の覆輪が入る茨がよいのではないでしょうか。可愛らしい」

「ありがとうございます、アンシュリー卿」

今日はじめて認識したとでもいうように、令嬢は青い目をぱっちりと瞬きしてケリーを見上げた。

ケリーとて、ラドネイド級の美形が比較対象でなければ、整った異性として意識される外見をしている。近衛騎士としての実戦から離れているからか、穏やかな雰囲気をかもし、物腰柔らかな態度、均整の取れた肢体、後ろに撫でつけていた金髪が幾筋かほどけて、形のいい額にふわふわと柔らかそうな前髪が落ちている。

伯爵令嬢は微笑み、ケリーの腕に置いていた手に力を込めた。

「ケリーにはこの、薄紫色の茨が似合いそうだな。波打つ花弁が優雅だ。ケリーがよく着るドレスシャツのレースのようじゃないか。わずかに青みがかっていて、いよいよケリーらしい」

三歩後ろにいた男がそんなことを言った。

ケリーと令嬢が振り返ると、緑の葉と細い茎を背景に咲き誇る薄紫色の茨に顔を寄せるラドネイドが立っていた。

黒いフードを後ろに落とし、ケープの中央を開けて、その下の飾りのない白いシャツと黒い上着とズボン姿をさらしていた。

咲き誇る茨さえ霞んでしまう神々しい美貌と、うっとりするような艶やかな金色の長髪だった。

ケリーは自分の片腕に置いている令嬢の手が震えたのを感じた。

茶会ではずっとケープで下の服装を隠していたためか、令嬢の胸にその姿は深く刺さったようだった。令嬢がまた息を呑んで言葉を失ってしまったようだったので、ケリーが喋った。

「『新しい波』という品種ですね。ありがとうございます。卿に似合う茨はそれこそさきほどの黒茨だと思いますよ」

「それなら黒茨はずっとケリーの部屋に飾ってほしいものだな。私の胸には『新しい波』を刺しておきたい」

「他の茨が嫉妬してしまいますよ。愛でられるのを待つ花々をお気に入った順に召してあげてください」

「しょせん花、そのまま朽ちてしまえばよいさ。我が胸はただひとりが独占している」

ケリーはちょっと引きつった笑みを返して、令嬢との散歩を強引に再開した。

第十五話　見合いの終わり

ケリーは用意しておいてもらった白茨の花束を、見合い相手の令嬢に渡してそのまま王城内で別れ、伯爵と伯爵夫人には会えず、珍しくラドネイドとも一旦ここで別れた。

その後はケリーの分の白茨の花束を持たせたオリオだけを連れて、侯爵家の馬車の到着を待つ、待合室まで廊下を歩いていた。他にも同じように馬車を呼んだ貴族たちがいるようで、広々とした廊下が人で溢れそうになっていた。

「おや、珍しい場所で会いましたね。騎士ケリー」

首筋を舐められたような不快感が湧いた。

横目で見ればかつての近衛騎士仲間だ。王都に帰還して以来はじめて遭遇する。

「ご無沙汰しております、騎士エイルマー」

侯爵家次男で同年齢の、一年だけケリーのほうが先輩だった同僚だ。境遇が似ているためお互い意識しないではいられなかった。

「八年かけて体を治して、王都でお見合いだそうな。いよいよ完全復活というわけですね。また近衛騎士として肩をならべて戦える日を願っていますよ」

簡易の近衛騎士装備のため兜はなく、徽章《きしょう》も大隊のひとつしか付けていない。背後に従卒がひとりいるのが見える。

背丈も同じくらいで視線がまっすぐぶつかる。

体の厚みが八年の差だろうか。エイルマーは襟足の伸びた金髪をそのままに前髪だけ後ろに撫でつけている。

ケリーのほうは今日の見合いの行程を終えたあと、お手洗いで髪をぐしゃっと乱し、オリオに櫛を通してもらっていた。長い前髪を下ろし、油断してもう家に帰ることしか頭になかった。

「期待していただいてありがとうございます。騎士エイルマーのご活躍をお祈り申し上げております」

「だれかに祈ってもらうというのは嬉しいものです。それが同年齢の同僚ともなればね。しかも八年ぶりだ。どうです、どちらかの家で再会を祝って飲みませんか」

さてどう断ろうか。

もうあまり酒を飲まないこと。見合いを終えたばかりでまだやることがあること。領地の商売についてなど、多忙を理由にするか。

笑顔のまま素早く思考を巡らす。

ふと、もしラドネイドがいまここにいれば、ケリーが何も言わなくても目の前の男を追い払ってくれただろうと思った。

『ケリーのこれからの予定はすべて私で埋まっている。遠慮してくれ』

きっとそんなぎょっとするようなことを臆面《おくめん》もなく言い捨てるような予想ができた。

寸前にそんなことを思ったせいだろう、

「申し訳ない。王都にきて親しくしている『友人』がいて、この先の予定はその『友人』とで埋まっているんだ。気を悪くしないでほしい。お祝いは言葉だけで十分だよ。それでは」

するっと口からこんな台詞を吐いていた。

内心自分で驚きながらも笑顔を維持して、待合室に向かう。

騎士エイルマーもとっさに言葉を返すことができないようなので、いまのうちに退散した。

（……なんだか悔しいが、ラドネイド卿には助けられているな）

毎晩の口づけなど困ることも増えているのだが、こうして苦手な相手との断る理由になってくれている。あの存在でケリーの一助となってくれているのは間違いなく事実だ。


侯爵家の馬車が前庭に回されてきた時、遠くで歓声が聞こえた。

「何だ？」

「怪異の討伐者が今日出仕すると侍女たちが噂していました。それではないでしょうか」

「たしか名前は」

「サルバル・ドンス卿です」

「そうだ、そういう名前だったな。今年王都に凱旋されていたと月報で読んだ」

ケリーが王都に帰還する前に彼を含む王国軍は討伐を成功として凱旋し、解散していたはずだった。そこで名をあげたのがサルバル・ドンスだ。

ちょっと顔を見てみたい気もしたが、心とは違いケリーはさっさと馬車に乗り込んでいた。

＊

翌日の昼になってラドネイドはケリーの待つ侯爵家に帰ってきた。

いつもの黒ケープ姿でさっそうと、ノックも入室の許可もなくケリーのいる書斎に風のように入ってきた。

書斎の扉が開いたあとから足音がして、若い従僕が「ラドネイド様がお帰りに……！」と荒い息をしながら叫んでいた。

「お帰りなさい、卿。せめて従僕に扉を開けさせてあげてください」

両手をケープの中に収めたままのラドネイドがどう扉を開けたかわからないし、手を借りなくても開けられるのだろうとしても。

「昨晩は帰れなかったので気が急《せ》いていた。茶でも運んでくれ」

戸口で様子をうかがっていた従僕にラドネイドが命じる。ケリーもうなずくと扉が閉められた。

「昨日は見合いの見届け人をありがとうございました。おかげさまで無事にふたりの令嬢との見合いが終わりました」

「見合いというのも存外楽しいものだったな」

机の前の安楽椅子にラドネイドは優雅に腰を下ろした。白い手が内側から伸びてきて、ケープの紐をほどき、ボタンをはずしていく。

隠されていた白い首筋や、レースの胸元、毛先の跳ねている金髪があらわとなる。

「卿とお見合いできるなら、王国全土の令嬢が列をなしますよ」

「さすがに全員を相手にするとなると飽きそうだ。あくまでケリーが横にいたから楽しかったのだろう。最初の見合いの中央公園、あそこの池の舟、今度ふたりで乗ろうじゃないか」

「本気ですか」

「寒いか？」

「男同士は目立つという話です」

「私は正しくこの国の『ご友人』を理解していると思う。ふたりで乗ろう」

「見合い相手の伯爵令嬢とも乗らなかったのですが……」

中央公園の池での舟遊びなど男女仲のふたりがする定番中の定番だった。だからこそケリーはむずがゆいような心地がしてきていた。

「そんなの関係なかろう。ああそれと、庭園の茨を譲ってもらうよう交渉してきた。もう少ししたら届くはずだ」

「……もしかして黒茨ですか？　あれは王家の花ですので、他には譲りませんよ」

「だから交渉してきた。私に似合うという黒茨はここに、ケリーの書斎に飾っておきたい」

あの戯言《ざれごと》は本気だったのか。

そこに侍女が茶の一式を運んできた。窓際の卓に置いてもらい用意を命ずる。黒いケープを脱いで安楽椅子の背に投げたラドネイドは窓際に移動した。背中側の長髪も毛先だけが巻いていてぽんぽん跳ねている。

「何を読んでいる？」

「月報ですよ。あいかわらず事故死や病死が続きますね。国自体の景気はよいみたいですが」

人が死ねば死ぬほど国政の進みがよくなっているように見える。この考えはうがちすぎだろうか。

茶の用意が整った窓際の席へ、ケリーも移動した。

向かいに座っているラドネイドが格子窓の外を眺めている。

「……冬が来るな。王都の仕事はまだ残っているのか」

「商談のほとんどは締結したので領地に関連するものは終わっていますね。見合いの返事をするくらいですかね」

「返事なんて決まっているじゃないか」

横を向いたまま、青い目だけがケリーを見た。

「え、卿はど、どっちがお薦めですか」

「おまえの結婚相手はすでに決まっているだろう。見合いは侯爵夫人への顔立てや義理立て、貴族の嗜みだろう？　ケリーはこの国の貴族としての振る舞いを大事にしているようだからな、しておいてよかったのだろう？」

「見合いの件についてはおっしゃる通りです。それより、私の決まっている結婚相手ってだれでしょうか」

ラドネイドが正面を向いた。

すっと表情が抜け落ちている。

ケリーはひゅっと息を呑んだ。

書斎には侍女も従僕もいない。ふたりきりだ。窓の外は木枯らしが吹いて枯れ葉をかさかさ鳴らしているはずだ。

「いま、ケリーに思い出させようとするとまた療養が必要になってしまうかもしれない。人は脆《もろ》くて、扱いが難しい。いずれにしろ、あのふたりの令嬢との縁談はあれっきりだ。領地に帰るにせよ、王都に留まるにせよ計画を立てておくといい。私はどちらでも構わない」

その後は月報の記事にあったとある貴族の醜聞《しゅうぶん》を話題にしてお茶をした。

ラドネイドが私室へ戻ると、侯爵夫人がお呼びですと従僕が伝えてきた。

「すぐに行こう」

そう返事をして従僕を走らせ、オリオを呼び、連れてゆっくり歩いて本邸に向かう。

——おまえの結婚相手はすでに決まっているだろう。

問い返せば、ケリーを正面から見ていた。

（卿の国では同性で結婚できたとしても、この国では『友人』関係を築くことがせいぜいだ。地神神殿で結婚契約を無理にでも受け入れさせるつもりか？　それが無理なら闇神神殿で？　天神神殿？　受け入れさせたところで社会で通用しないのだから自己満足でしかない。それならいっそお互い独身で『友人同士』であることが精一杯だろう。まったく、なんで私がこんなことを考えねば

ならないんだ）

そう、異国出身の国王の相談役がやけにケリーを好きだからだ。

だれはばからず好意を表明しているからだ。

本邸の侯爵夫人の私室前にいた侍女にうなずくと、侍女が扉を開けて室内に声をかけた。そしてそのまま扉を大きく開き、脇によけて頭を下げてケリーを迎える。

「母上」

「いらっしゃい、ケリー」

円卓の上の花瓶に赤い花をいけていた母は、ケリーに微笑んだ。どこか、顔色が白いなとケリーは思った。

「お見合いお疲れ様でしたね。せっかくケリーが受けてくれたのにね。お相手のご令嬢おふたりともが、恋煩いなのですって。卿に」

「卿に」

部屋に沈黙が落ちた。母から茶を勧められたが断り、赤色の花がいけられている花瓶に近づく。

「この茨はここの庭のですか」

「ええ」

「城の茨園も見事でしたよ」

「そうね、黒茨……来るのですってね」

「そうですね。黒茨を譲ってもらえる人なのですよね、卿は」

「健康になったあなたが結婚して、卿とは友情のままでいてほしかったのだけれど」

「母上には、籍だけの近衛騎士になった私を見捨てず、ずっと見守ってくれていただけで感謝しています」

「ラドネイド卿ご自身がとてつもなく秀でたご人物であることは疑いないのでしょうけれど、過ぎたる愛は重いものよね。茨は黒色でなくとも美しいもの」

「はい、母上」

とくに珍しくもない、平凡な赤色の茨がどれほど心休まるか。

結局、縁談は双方話し合いでなかったことになった。

幕間　オリオの覗いたお見合い

オリオはケリーの二件の見合いに従者として付いていった。

領地で八年もの長い期間の療養をしていた侯爵家三男で従属男爵かつ近衛騎士である主人は、貴族社会での考え方でいえば「よい結婚相手でもある」し「ちょっと微妙」「不安がある」くらいの価値があった。

親の身分はいいけれど、本人の実績のほとんどは長期間療養していたことしかない。よい点は、男爵領地での物産がよい傾向にあることが耳目に新しい。

ただ、やはり後ろ盾の親の身分が侯爵なことと、健康を快復している二十八歳で見栄えもいいという点は大きい。

そこで二件の外聞的には釣り合っている縁談がきたのだった。

オリオはもう主人のそばにいるラドネイドを見慣れてきていた。

侯爵家敷地外では黒いケープ姿でも、敷地内ではそのケープを脱いでいる姿も多くなった。

「素敵ですよねえ、ラドネイド様。どこの国のご出身でしたっけ？」

「ええっと、アドラス？　エドリエ？　ふたつ三つ先の国じゃなかったかしら」

「そのお国ではああいう星々のような美しい男性がたくさんいらっしゃるのかしら」

「星々の中でも一等星じゃなくって？　むしろ砂の国のだれもが求める澄んだ泉じゃないかしら」

「たくさんの国々を探したって、ああいう神秘的で驚異的な人物なんて他にいるのかしら。オリオさんはご存知ありません？　他国に行ったことあるんですよね」

賄《まかな》い飯を食べ、厨房の裏手で一服していると休憩時間の重なった侍女たちのお喋りを窓越しに聞いていた。そのことに気づいていたひとりに声をかけられる。

「大旦那様の若いころにくっついて従軍して他国を踏んだが、その国の街中だとか城に上がったわけでもないからなあ。ラドネイド様ほどの美形っていうのは他にいないんじゃないかな」

オリオは屋敷内では、大旦那が侯爵で、若旦那が侯爵の長男、主人がケリーという呼び分けをしていた。

若い侍女たちの雑談にオリオは気軽に応じた。

侍女たちはきゃっきゃと笑う。

「そうだと思いましたわ！」

「私、はじめて卿を目にした時、本当に息が止まってしまって……」

「わかるわ。私も頭が真っ白になったもの」

「私はいまだに廊下ですれ違いそうになると、壁際によって目を閉じて息も止めて頭を下げています。なんだか怖いくらいお美しい方なので……」

侍女の中では気の小さい女性が小声で言う。

「ああ、それもわかるわ。ケリー様の書斎にお茶をお運びする時が最高に緊張するの。ラドネイド様がよくいらっしゃっているし、よく喋っておられるし、ケリー様に対しては感情豊かでいらっしゃるから……」

年嵩《としかさ》の侍女がやや茫然とした声で応えた。

侯爵家でのラドネイドの世話は男の従僕たちが中心で、侍女たちはケリーの世話越しに接することが多い。

性別に関係なくラドネイドの美貌は相手に畏怖を与えるが、のぼせたような状態になりやすいのは女性が多いので、自然と従僕たちが割り振られていた。


――オリオは侯爵家の侍女たちのラドネイドに対する感想を聞いたひと時を回想していた。

それというのも、ケリーの見合い一件目でさっそく、『見届け人』ラドネイドの容貌に魅せられてしまった伯爵令嬢とその母親が、見合い相手のケリーそっちのけになってしまっていたからだ。

若い主人であるケリーが、なんとか場を持たせようとしてひとり話題を振っている行為が健気で泣けてくる。そして、ケリーの言動に一番よく反応して受け答えしているのが原因のラドネイドだという現実が滑稽で仕方がない。

(あなたが付いてきたせいですよ!?)

身分差と恐怖心がなければオリオはラドネイドに直訴していただろう。

(十代半ばの箱入りの令嬢じゃ、まあ、ラドネイド様を見てしまったらな……。ケリー様だって

整ったいいお顔をしていらっしゃるけどな）

『闇の祠』から帰還後の病んだ状態から脱して健康的な肌色になり、こけていた頬のふくらみも戻り、長い時間起きていられるようになった。

馬車での移動も耐えられるようになり、王都に戻っての大きな変化として最近は不寝番がいなくとも眠れるようになったのだ。

（侯爵夫人の本命は伯爵家への婿入りの二件目の縁談だろうから、まあ、令嬢が美貌の相談役殿に目を奪われっぱなしだったとしてもあとで笑い話になればいいか）

本音でいえば、やはりラドネイドがおらず、ちゃんと令嬢とケリーが見合いをしてお互いを認識し、もう一件の婿入り話が流れたとしてもこちらの話が残っていて、いざとなれば滑らかに結婚できることが最高である。

そのほうがケリーにとって有利であるので、オリオは当然そう思うのだ。

深い秋の好天気の午後、中央公園では老若の男女が腕を組んで散歩していた。

オリオも若いころ彼女と出かけた場所だ。王都民ならば好きな相手と行く定番場所なのだ。散策する道や区画は貴族や庶民では分かれている。変に交じってしまうと空気が悪くなるためだ。

そんな中でもラドネイドは何も気にかけていないだろうと思うほど自由だった。

栗売りに声をかけて一袋買う。代金はオリオが侯爵家の金で支払った。

食べる前に皮つきの栗を剥く必要があるのだが、ラドネイドがひとつ摘まんで口に運ぶ栗はなぜかすべて皮が剥けている。

（剥き栗で売っていた？）

と思い返すほどだ。だが、王都育ちのオリオが記憶違いをするはずもなかった。栗は皮つきで売っている。しかしラドネイドが食べる栗は剥く動作なく、いつの間にか剥けているのだ。

それは何度瞬きしたって変わらない。

（——不思議なお方だ。異国の占星術師や、傀儡師《くぐつし》、魔術師ってやつのたぐいなのだろうな。しかし陛下の相談役に就任しているのだから、そんな輩《やから》の中でも特別優秀ってやつなんだろうな）

いつの間にか扉が開いている。いつの間にか椅子が移動している。いつの間にか物がひとりでに動いていることは、ラドネイドのそばにいればだれもが気づくことだ。

しかしそのことを知っても、その美貌に畏怖するほどに恐れは呼び起こされない。

まるで手の平で杯の蓋をするように、何かが溢れるのを防がれているようでもある。

（……いつだって焼き栗が、剥いた状態で食べられるっていうのだから便利なものだよ）

オリオの思考もそういきつく。

それよりラドネイドの食べ方だ。侯爵家で給仕する時に見かけるままに、大口でばくばくと景気よく食べる。なんのてらいもかっこつけもない。

目の前の食べ物をただ食べる。小さな口でとか、何口でとか上品さのことなど微塵《みじん》も考えていないのだろう大胆さだ。

これで作法知らずでナイフもフォークも扱えないというわけでもなく、ただ、だれにどう見られていようとも、目の前の食べ物を口に入れることだけに集中しているだけなのだ。

食べる、ということが案外楽しいということに気づいたかのように。

前を歩くケリーと十代半ばの伯爵令嬢の数歩あとに続きながら、池を眺めて片手でひょいひょいと剥いた栗を口に放り込んでいる。

周囲はうっとりとした視線を注いでいるというのに、本人はケリーを視界の中に収めたまま、もぐもぐしていた。

中央公園での散歩時間が終わるまでにラドネイドは、焼き栗の他に焼き芋と焼きパン、香茶を買い食いした。当然、代金はオリオが侯爵家の金で支払った。

＊

オリオが侯爵家の執事と、執事の部屋でちょうど二件目の見合いで用意する衣装について話していると、お相手の伯爵家から見合い場所は王城の茨の美しい庭の東屋だと通知がきた。

「私はさっそくお届けしてくるよ。君はここで待っていてくれ」

「はい」

執事が侯爵夫人の元に行き、戻ってきて様子を教えてくれた。

『あら、あらあら』

その知らせが綴られた手紙を読んで侯爵夫人はそう言いながら微笑んだという。

そのことを侯爵家の執事から聞いたオリオも、思わずにやっと笑って言った。

「ケリー様を高く評価してくださっているようですね」

「ええ、ええ、いいことですよ」

執事もオリオの意図を汲み取って何度もうなずく。

王都での見合い場所はいろいろあるが、王城内での場合は、招待主がここを用意できる縁故や実力があること、見合い相手を最高にもてなしたいと思っていることを伝える場所なのだ。

そんな話のなか、従僕が違う知らせをもってきた。

「エイジャ商店からケリー様のインク瓶と、ラドネイド様への献上品が届きました」

「いま、ラドネイド様は？」

執事がラドネイド付きにしている従僕に問う。

「お城にいらっしゃいます」

「では、私が受け取ってお部屋に置いておこう」

執事が裏門へ向かうのに、オリオとラドネイド付き従僕も続いていく。

御用商人たちが品物を運んでくる控え室に三人が入っていく。

もはや見慣れてきたエイジャ商店の店長が、店員を連れて頭を下げて待っていた。

オリオがケリーの注文した黒色と青色のインク瓶の確認をしているそばで、大きな箱が開けられた。

「おお、これは」

老齢の執事が思わずつぶやく声がした。

漆黒に星屑を散らしたかのような最高級の布地。

「ちょっと見かけたことがないほど艶やかだ。仕立てればさぞ素敵な服になるだろうね」

仮にも侯爵家の執事が言うほどの希少な布地。

「こちらの布地は商店長からラドネイド様への献上品でございますので、どうぞよしなにお伝えください」

「ああ、わかっているよ」

以前からエイジャ商店の商店長とラドネイドは懇意にしていたらしいが、居を侯爵家に移してから、その懇意具合がオリオにも伝わってきた。

(もしかして陛下も持っていないような品を贈っているよな)

そう思うほどの品々だ。

ラドネイドの外見に魅了された様々な人物が、王城を留守することが多くなったラドネイド宛ての品物を、侯爵家に送ってくることがある。

そんな贈り物の中でも、さすが王都で五本の指に入る大商店だ。希少なもの、類稀な物、流行りの物をいち早く仕入れてくる。

(どんな対価を得ているか知らないけれど、随分な入れ込みようだな)

今日届いた布地で服が完成するには日数がかかるので、二件目の見合いに着ていくには間に合わないだろう。魅力的な男がさらに自分を際立たせる服装で、主人の見合いの見届け人をしないで終わらせることができると計算して、オリオは少しだけ安堵した。

少しだけなのは、ラドネイドの魅力は服装など関係ないと頭の隅では十分にわかっていたからだ。

そんなわけで二件目の見合いは、王国の象徴、王城の一角で開催された。

昨夜からケリーの衣装はすべてブラシして、繕いもなく、靴だってピカピカに磨いて準備していた。

主人本人も浴槽で洗い、洗髪もした。

食欲も戻り、睡眠も毎晩しっかりとれているようで洗っていても肌に艶が出てきていることがわかった。

「明日のご令嬢、よい方だとよいですね」

「そう悪い噂もないのだろう？　だったらいいさ。普通でいてくれれば」

「ご結婚相手にあれこれとよくばっても仕方がないですが、話が合うとよいですね」

「そうだな」

政略結婚とわりきっているのか、浴室で会話する主人の答えは冷静だった。

朝になって主人を起こし、洗顔をさせて、室内着のまま朝食をすませる。いつも通りと感じてしまうほどラドネイドも同席していた。

ケリーは午前中を書斎で過ごすことが多く、今日は早めに声をかけて昼食を食べてもらって用意していた衣装に着替えるのを手伝う。

茨の庭園を散歩するので、そっと肌につける香水も、花の類は避ける。

昼食もケリーの私室で同席していたラドネイドは、ケリーが外出着に着替えると知ると自分の部屋に戻っていった。おそらく自分も着替えるのだろう。

(どんな恰好をされるのかな)

本音を言えば見合いの主役であるケリーが霞むような華美な服装にしないでほしいが、国王の相談役にして侯爵家の客人に、ただの従者がもの言える立場ではない。

オリオをはじめとした侯爵家の使用人たちが磨き上げたケリーの身支度が終わると、同じ馬車に乗るためラドネイドも私室から出てきた。

いつもの黒色のケープをまとっている。中央が開いていてケープの下に何を着ているかが見えた。飾りの少ない簡素な衣装だ。

「ケリー、似合っているな。素敵だ」

「ありがとうございます、ラドネイド卿。卿はいつも素敵ですから私の褒め言葉は必要ないでしょうね」

「私がちゃんとケリーに素敵に見えているか確認したいから、素敵なら素敵だと言ってほしい」

階段下で合流したふたりが会話をしている。

玄関の前庭に見送りのために集まっていた侍女たちから感嘆の声が小さく漏れ出ているなか、オリオの胸中に湧いた感想はなかなか複雑なものだった。

(ラドネイド様にとっては地味で簡素な装いなんだろうな。ケープを羽織っているっていうことは見合い中ずっと着ている可能性だってある。一回目の見合いの時より身を引いて、いらっしゃる？ ちゃんとケリー様を立ててくださっている？）

オリオが若い主人を盛り立てたいと思う忠誠心に似たような、ラドネイドのケリーへの気遣いが、なんだか共感を呼び起こされ、類稀な国王の相談役が健気に思えた。

そして数日後。

オリオはケリーの書斎の執務机の上に、王室秘蔵の黒茨をいけた花瓶を置いていた。

（服装ひとつであなたを健気だなんて思った俺の目は節穴だった！　贈るか!?　自分を連想した女王黒茨を、王室から許可取ってケリー様に贈るのか!?　どれだけケリー様には自分だけを見てほしいって、自己主張が激しいんだ。あなた完全に見合いを壊しにきていたでしょう!?）

侯爵夫人の顔を立て、息子としてのケリーの顔を立て、見合い相手からの申し込みを受けたとして相手側の顔も立てた上での、円満破談である。

なにせ理由が、見合い相手の令嬢たちの恋煩いなのだから。

第四章　神の一方的な愛

第十六話　招待　一

【初冬　王都】

王都に雪を運ぶ風が吹きだした。天上はすでに銀世界だろうと王都民は囁き合う。

ケリーは暖炉の前の安楽椅子に座りながら報告書に目を通していた。ケリーが不在の男爵領は代官に任せている。

元々は侯爵家に雇われて派遣されていた男だったが、ケリーが領地を引き継いだ際に男を自分で雇い直した。

男としても領地で結婚して家庭をもったせいか、男爵領で暮らしていたいようだったので両者の思惑が一致した。

その後、八年間の療養中も領地のことのほとんどは男に任せていた。ケリーの体調が快復してきて領地の経営に頭が働くようになると補佐役に下がり、ケリーが王都へ行くとこれまで通り代官の仕事をしてくれている。

（寒くなる前の収穫も無事に終わったか）

収支報告からはじまり、領地での治安、流行り病、事故、殺傷事件、水問題、舗装道の陥没、男爵領の警邏《けいら》や憲兵を兼ねる騎士団の補充などなど、事細かい報告に代官をしてくれている男の性格が出ている。

窓の外を見た。

ラドネイドは今日は朝から王都にある闇神の神殿に向かった。

王都最大の神殿は当然のごとく地神神殿だ。天神と闇神の神殿も存在しているが、王都民たちの心を占めてはいないだろう。

白く濁った窓に映っているケリーの顔は翳っている。

（なんでよりにもよって闇神……）

いまもその名称を聞くだけで腕に鳥肌が立つ。

（いや、陛下がいまも闇神の加護を求めているからか）

侯爵家で宿泊するようになったとはいえ、ラドネイドは国王の相談役だ。当然、権威の回復に神の加護がほしいと相談されているのだろう。

大陸にひしめいている国々の王は地神の権威を建前として即位する。

地神はどこまでも愛想がいいのだろう。ほいほいとどの国にも加護を与えているようだ。

だからさらに権威を増すには他の神の加護がいる。

八年前、国王はそれを求めて占った若い近衛騎士を『闇の祠』に派遣したのだ。

その後、どうなったか。

近衛騎士は気の病となり、祠のあった王国東北地方では怪異が発生。何年も王国軍を常駐させ、国庫を減らし続けた。その怪異が消えたのはようやく去年のことだ。

（……どうせなら、天神から加護を得たらいいのに。いまならサルバル・ドンス卿もいるのだし）

ケリーも噂だけなら知っている。先日の王城の庭での見合いの帰りで、サルバル・ドンスが近くを通った時の歓声を聞いた。

そう、彼も王城に呼び出されているのだ。

だとしたら王家はラドネイドを闇神に、サルバル・ドンスを天神にあたらせて加護を得る方法を探しているのかもしれない。

（闇神に対しては過去、交流門ともなった扉の痕跡が国内にあるが、天神にはどう呼びかけるのだろう。神書には天にも届く大樹の記載があるが、我が国にそんな大樹はないしな）

大樹の破片と呼ばれて神殿に収められている物はあるらしい。

（陛下……。政治はうまく運ばれているではありませんか。私の見ていた八年前よりずっと王都は落ち着いていて明るくて華やかです。通商条約が結ばれた国が増え、他国との交流も盛んになった。東北の怪異で国庫は目減りしたし、軍と王家の威信は多少落ちたけれど、景気はよくて庶民の生活は安定しています。

我々は地上の民です。地神にこそ祈りましょう。大地をこそ見てください）

王族の影は薄くなる一方だが、国の経済は活性化している。

執務机の上には筆記用具が充実している。

元々そろっていたが、エイジャ商店と領地の物産の取り引きが開始され、個人的な注文をするようになると、注文した品以外にも贈り物が添えられていることが多くなった。

オリオに聞くと、ラドネイド宛てにはさらに最上位品が献上されているらしい。

今回の八年ぶりの王都滞在ではじめて知己を得た商店と今ではぐっと距離が縮まった。

ラドネイドから、そのエイジャ商店の商店長をはじめとした者たちより献上された屋敷に泊まりに来ないかと二日前に誘われていた。

『王都に来た最初のころはそこで暮らしていた。次に城で暮らして、いまはここにいる。城でもなくここでもなく、ちょっと気分を変えていく出先としては適当じゃないか。私の屋敷に招待する』

二日前、そう、眠る前の寝室の壁際に、いつものように追い詰められておやすみの口づけを与えられていた合間。

ラドネイドは引いた糸を舌で舐めとって囁いた。

『明日から週末にかけて闇神の神殿に用事がある。私はその屋敷に先に行っているので案内役の従僕を回そう。気が向いたらどの時間でもいい、馬車でも騎馬でも気楽な姿で来るといい。衣装など屋敷にたくさんあるから、必要ならそこで見繕えばいい。ふたりきりで、衣装を咎める者などそもそもいないが』

それは随分と融通の利く誘いだった。

縛りのほとんどない、これ以上なく気楽に過ごせるだろう条件だった。

『ああ、うん……』

赤く濡れた唇のままケリーは小さく答えた。

腰に回った手が下から上に撫で上げてくることに気を取られていた。

『ケリーを我が家に迎える——地上ではじめての夜になるな』

あいかわらず大げさな物言いだと、ぼんやりと思った。

人生は計画のまま進むとは限らない。

そのことは八年前に思い知った。

なんとかまっすぐ立てたと思って帰ってきた王都。

そこでまた予想外の人物と出会った。そして好かれた。

八年前の勅命みたいに、侯爵領地をもつラルスランス家三男という身分では断れない事態が繰り返している。窓は頬杖をつくケリーを映している。

(なりふり構わず逃げないと、また)

——また……何だろう。

適当な理由を言って国外にでも脱出してしまうか。

国内だとどこであっても侯爵家の者やラドネイドにいつか見つかるだろう。

そう、国外でたいして役に立たない身分と、運べるだけの資産——それは心もとない額だろう——だけをもって出ていく勇気さえあればいい。

(あるいは、卿をなんとか拒否して伯爵家に婿入りしてしまうか)

令嬢はラドネイドに目を奪われていたけれどケリーを婿にと話を持ってきたくらいだ。こちらから改めて伯爵家に乗り込んだら縁談が再始動する可能性はあるだろう。

しかしなぜか、伯爵令嬢との婚礼で新郎新婦の横にならんでいるラドネイドの姿がたやすく想像できてしまう。

深く息を吐いて、暖炉の前の安楽椅子に座ったままケリーはいよいよ猫背になった。

*

ラドネイドに会わないままに指定された日となった。その日には問題がひとつあった。

「今日は収穫祭のため大通りが人波で塞がります」

「そうだったな。馬で行こうか」

「はい」

朝、オリオとそう打合せをして昼を過ぎてふたりして馬に乗った。ラドネイドからの案内役とは途中で落ち合う予定だ。

「こうしてふたりで馬に乗って出掛けるのは……」

正門を出て、ケリーはそうつぶやいて口を閉じた。

あの日以来だ。

とっさにそう閃いたが、いや、と打ち消した。

男爵領で療養をして体調がよくなってきたころふたりで遠駆けしたはずだ。もしものために距離を置いて馬車も追いかけさせてはいたが、それ以来だ。

聞こえていただろうオリオは賢く黙っている。ケリーは必死に正面を向いたまま胸を上下させて静かに呼吸をした。

思い出したくない。忘れたわけではない。ただ、思い出そうとする発芽に気づくとそれをねじ伏せて蓋にすることがどうにかできるようになっただけなのだ。洞窟での一場面でも思い出してしまえばその激流に巻き込まれて再び沈没してしまうだろう。

大きな黒々とした穴の縁を恐る恐る歩いている心境だった。

周囲から「快復おめでとう」と祝われながらもケリーの胸の内はつねに戦々恐々としていた。

この恐怖をだれに語れるだろうか。

じつのところ一歩でも踏み外せば奈落の底に落ちてしまいそうだと。

完全快復など上辺だけで、心の支えは始終ぐらついているなどと。

侯爵家の中では一番親身な母でさえ、三男の快復を信じて縁談を持ち込んできた。

わりと優しい顔を向けてくれる父と長兄でさえ、弱り切った心情を吐露すれば役立たずとして切って捨てられるだろう。

使用人たちは雇われている以上、どこまでも愚痴を聞いてはくれるだろうがそれまでだ。さらにはいずれ弱みを握ったと言って金をせびってくる可能性すらある。

それは貴族社会の友人たちだってそうだ。

信頼とは何だろう。

弱っている時に、他者からの労わりを欲してどうしていけないのか。

なんだってこんなに見栄っ張りな社会なのだ。どこまで虚勢を張らないといけないのだ。

地神に愛されし大地に住まう我々はいったいどうしたというのだ。

大通りはその地神にこの秋の収穫を感謝して大賑わいとなっている。王都の各区画から選出された花車《だし》が神殿まで引かれていく。

動物の張りぼてを荷車に載せて花で飾った花車。

大小の風車と麦穂を載せた花車。

赤い花でそろえた花車を引く人足たちの衣装をこれまた赤色でそろえた区画の企画車。

様々な花車が王都民を喜ばせ、二階建ての窓から紙吹雪が撒かれ、一輪の花が次々に投げ入れられる。

通りの端に屋台がならび、棒売りが練り歩く。

貴族の馬車は立往生し、警邏の騎馬隊は一列になって進む。


ケリーは黄金色の縁取りのある赤いマフラーと赤いマントをまとって騎乗の人となっていた。その色ははからずも祭りと同化していた。ただの一風景になって、先行する騎馬に続く。無理に追い抜くのも、別の道を選ぼうとしても人波が邪魔でほとんど困難だ。

流されていく。

喧噪で何も聞き取れない。

馬上にいる分呼吸がしやすく、防寒着のおかげで寒くもない。天気は快晴であり、周囲は華やかな見物通りとなっている。

しかしケリーは心ここにあらずとなっていた。行き先は馬まかせ。

背後から忠実なオリオが従っているはずなので危険なことがあれば注意をうながしてくるはずだった。ケリーはただ馬に揺られ運ばれていく。

「――ケリー様」

すぐ横でオリオの声がしてケリーははっとした。

オリオはがっしりとした年老いた堅実な風貌のままケリーを見つめている。

「さきほどケリー様の懐を狙った掏《す》りは憲兵が連れていきました」

ケリーは目を瞬いた。

こういった混雑時に発生する掏りなどの小悪党の存在などすっかり忘れてしまっていた。

いつの間にか大通りからはずれて横手の道に入って壁側で馬の脚を止めている。日の傾きからすると侯爵家を出てそんなに時間は経っていないだろう。待ち合わせ時間にも間に合うはずだ。

「……ずっとぼんやりされておられましたが、体調が優れませんか?」

「……そうだな、こんな大きな祭り、それこそ八年ぶりでどうも意識が散漫だ。掏りは捕まったんだな?」

思わず腰帯に挟んでいる巾着を探る。

「私が気づいて声を発した時には右手を押さえてこの道に走り、血を吐いて倒れていました」

「血……？」

　とっさに周囲に目をやるが、人波で舗装された道路が見えない。

「肺でも病んでいたのかもしれません。その薬欲しさの犯行かも。結局、ケリー様からは何も奪えず勝手に失敗して勝手に倒れたんです」

「なんだそれは」

　オリオも苦笑を浮かべた。

「憲兵が騒ぎを聞きつけてすぐに来たので連れていかせました。ケリー様のお気が優れないようでしたので私がすべて答えています。よかったでしょうか」

「ああ、ありがとうオリオ」

　オリオは黙って頭を下げた。

　何も覚えていないのだとケリーは言えなかった。

　籍だけ置いているだけとはいえ、近衛騎士であるのに情けない。掏り被害に遭う寸前だったとは、まったく無防備だった。これではまるきり田舎貴族だ。掏りという都会の洗礼を浴びずにすんでよかったのだろう。

（地神よ、お守りくださり、ありがとうございます）

　とっさに祈り、感謝を捧げる。

「このまま引き返しますか？　ラドネイド様もケリー様に無理をしてほしくないと存じますが」

「――そこの屋台の果汁を飲んで、それでもまだぼうっとしたままなら引き返そう」

そうケリーが言うとオリオは少し表情を緩め、適当な小僧に声をかけ駄賃を渡して買いにいかせた。

「ケリー様、お具合は」

「ああ、頭がすっきりした。行こう」

果汁を飲み終え、ケリーはオリオをうながし馬の脚を進めた。

一旦帰ってもよかったが、ここで体調が優れず引き返したと一報を入れたらラドネイドが侯爵家に駆け込んできそうだと思ったため、さっさと招かれてしまおうと考え直したのだ。

引き返す理由をもっと穏当な、「急用ができた」「祭りで進めなかった」などに変えたところで、招待日が別の日になるだけであり、なぜだかやはり——今日行かなければならない、という気になっていた。

（今日という日に何かあるのか？）

ただの収穫祭。大地の神、地上の神への感謝の日。地神の神殿はどこも信者が押し寄せている。

この日ばかりは天神も闇神も影が薄い日である。

地上の人々が収穫できる食べ物の多くは大地から生えている。肉となる動物たちでさえ、地上の恵みを得て生きている。

神書にはこうある。人族が営むこの空から大地、川、海、この世の生きとし生けるものすべてを地上の神が統べているのだと。

天上界のすべてを天神が統べているように。
地底界のすべてを闇神が統べているように。
地上界のすべてを地神が統べている。

第十七話　招待　二

【初冬　王都　大通り横道】

大賑わいの大通りを抜け、馬車も通りやすくなるほど人がまばらになってきた。騎馬であるケリーとオリオはいよいよ馬を進めやすい。

「通り抜けるのに、少し時がかかりましたね」

「ああ、それでも馬車でないだけましだったな」

四の鐘までまだ時間がある。

オリオと会話しながら街並みを眺めていく。舗装され直した道が綺麗だった。

「これなら待ち合わせ時間に余裕で間に合うな」

「はい」

そう思っていたのに、道をひとつ曲がると紺色の警邏服が道幅いっぱいに何重にもなってならんでいた。

「なんだ!?」

「なんでしょう。聞いて参ります」

オリオはそう言って馬を降りた。

祭りのためにただでさえ警邏隊が多く配置されていたはずだ。それなのにここまで別の警邏が集合しているなど、ただごとではないだろう。

建物の陰に入ったせいか、ケリーは背筋がぞくっとした。陽の当たっている箇所はまだまだ明るい。陰影がくっきりとしていて、すぐに馬を動かしたくなった。

(晴れているのに暗い)

ふっと浮かんだ言葉は、オリオが戻ってくるまで脳裏から消えなかった。

一度下馬して綱を引いて警邏に声をかけにいっていたオリオが戻ってきた。地面に足をつけたまま報告してきそうだったので馬上に戻るよう指でうながした。

そうしてオリオは顔を近づけてきて囁いた。

「この道の奥の林の中で討伐者の遺体が発見されたそうです」

ケリーは真顔になった。

「……ドンス卿か……?」

現在王国で討伐者と呼称されているのはただひとりだ。確認のためその名を口にする。

「はい、そのようです……。去年までの活躍が話題の人ですので衝撃が大きいようで、厳戒態勢を敷いておりこの先にはこれ以上進めないとのことです」

「あ、ああ」

サルバル・ドンスという存在の喪失に言葉もなかったため、道の回避を示唆され一瞬困惑した。待ち合わせ場所へ行くための道などどうでもよいと思った。

サルバル・ドンス。療養先での心身の快復後、彼の活躍を聞いて心情としては闇神絡みの怪異の最前線に立ち続けた勇者を称えたい気持ちはあった。しかし詳しい話を聞く勇気がなくてむしろ王都帰還後、自分がその存在を避けていたことに、ここにきてケリーは気づいた。

天神への信仰を心身で貫いていた信徒が死んだ。

闇神の眷属と恐れられていた東北地方の怪異と長年対峙してきた討伐者が命を落とした。

「一度大通りに戻って先に進み、別の横道から大回りして行くか。どうにか大通りを横切って向かい側に行ってから侯爵家に戻る……という道がありますが、いかがいたしましょうか」

「ドンス卿はどのようにして死んでいたんだ？　それは聞けたか？」

「いえ、そこまで詳しくは。林の中とのことと、この警邏の数ですので不審死かと。調べておきます」

「ああ。私も父や兄に尋ねよう。大通りに戻って人波を見ようか。横切ることが無理そうなら大回りしたほうがましかもしれないが、訃報を聞いて気がそがれた」

オリオが静かに頭を下げたので、ふたりして馬を反転させて道を戻る。建物の陰から出て陽光を浴びても赤い外套の下がまだ冷たい。青空に舞っている紙の花弁が虚しく映った。

「アンシュリー男爵」

横切った馬車が停車した音がしてから、後方から声をかけられた。ケリーが振り向くと馬車からエイジャ商店の、白っぽくなった豊かな髪と顔下半分を覆う髭の商店長が下車してきていた。

「ご無沙汰しております。エイジャ商店のエイジャムでございます」

「ああ、久しいな。この先は行き止まりだぞ」

「ご忠告感謝いたします。しかし、失礼ですが我が馬車はこのまま進めますので、よろしければアンシュリー男爵も同乗なさいませんか？　ラドネイド様より本日のご予定はお聞きしております。ラドネイド様のご邸宅まで不肖エイジャムに、アンシュリー男爵の送迎をお任せくださいませ」

「どういうことだ？」

聞けば国王の相談役の職権を振りかざし、ラドネイドはどのような状況であれどの道であっても通ることができるという王家からの通行許可証を得ているそうだ。

そしてそれを本日だけエイジャ商店のエイジャムに貸しているという。

「本日の晩餐のご用意はすべて当店が担っております都合で、収穫祭によって通れない道もあるだろうからとラドネイド様より預かっております。ここでラドネイド様の客人であられるアンシュリー男爵と出会えましたのも何かの縁。目的地まで送らせていただきます」

「馬でそのまま付いていってはいかんのか」

「私が馬車で、男爵が馬となりますと差し障りがございますれば」

「ふうむ」

ちらっとオリオを見れば、ケリーの判断に一任するとばかりにうなずいている。

「……エイジャ商店にはこれまで様々な献上品をもらっているからな……感謝しているぞ。言葉に甘えて送ってもらうか。オリオ、おまえは私の馬を引いて遠回りして待ち合わせ場所まで行って卿の従僕を拾ってくれ。私は馬車でそのままラドネイド卿の邸宅まで送ってもらう」

「わかりました」

引き返したい気持ちが、現世のしがらみで引き戻されたようだった。

前方の警邏を押しのけて進む手段があるというのなら、流されていくのは前方なのだろう。

オリオと別れ商店の馬車に乗り込む。ケリーが高級な革張りの後部座席中央に腰掛けると、斜めに商店長が許しを得て座った。

商店の馬車ではあるが、同席するかどうかは身分が上のケリーの許可がいる。

「ありがとうございます」

「今回もいろいろと骨を折ってもらっているようだな」

「ラドネイド様とアンシュリー男爵のためであれば何なりとお申し付けください」

いやどう考えてもラドネイドのため一択だろう。そう思っても口にしないのが礼儀だ。喧嘩を吹っ掛けたいわけでもない。その心酔ぶりがあからさまでもう笑うしかないくらいだ。

馬車が動きだすと左右からどよめき、小さな怒号が聞こえた。苛立ちと鎮静。通過許可証はちゃんと威力を発揮したようだ。

「この警邏の原因を知っているか」

商店長にケリーは問うてみた。

「はい。討伐者様が先の林の中で殺害されていたそうですね」

「……殺されていたのか。犯人は？」

「捕まってはいないようです。林の中はおびただしい血が一面に広がり凄惨《せいさん》な現場であったとか。

天神の英雄、勇気ある討伐者の死ですから、これから、いえもう大騒ぎでしょうね」

眉根を寄せてはいるものの、商店長は隠すことなくはきはきと答えた。

「大変なことになったな」

「さようですね」

ケリーが沈痛な面持ちで言うのに対して、商店長は同意しながらも消沈の色は見えない。それを察したケリーは問いを足した。

「怪異を押しのけていた第一人者がこのような形で去ってしまって、我が国の安全を危険視されて商売に影響は出ないだろうか」

「王国内ではここ何年も怪異の陰で貴族層での病死や事故死が多くございましたので、どちらかというとその点をよく他国の商人から尋ねられました。今回の事件もある貴族の死という枠組みで扱われるかもしれません」

「なんと……いや、たしかに貴族階級での死亡や事故は多いな」

月報で読むたびに驚いていたが過ぎ去ってしまえば失念していた事柄だった。亡くなった中には遠い親戚や、かつての騎士仲間もいたくらいだが、特に親しかったわけでもない。

どちらかというと目の上のたん瘤《こぶ》と呼ばれるような者たちが去ったことでの清涼な風すら感じていたのだ。

「他国の商人たちには、王国は産業が盛んになっており、東北以外の治安も安定し問題ないとは答えておりました」

「ああ、そなたたちのような王国の商人がそう答えてくれると助かるな」

「恐れ入ります」

そんな会話をしながら討伐者が死亡した林から離れて警邏が空けた道を進んでいった。

＊

招待時刻の五の鐘の前に、郊外にある閑静な邸宅に馬車は到着した。

狭い王都の中でこれだけ広大な土地に塀を巡らせているのは特別なことだ。

王城から多少離れているとはいえ、富豪しか持てない立地だ。門からしばらくして大きすぎず小さすぎない白い邸宅が見えてきた。

「……見事な家だ。商店長たちが卿に献上したと聞き及んだが、そうなのか？」

小窓から覗いていたケリーが問うと、斜め前の商店長が恭しく頭を下げた。

「我々、ラドネイド様をお慕いする者たちでご提供させていただきました。ラドネイド様は近々爵位を賜るとのことですので、よりふさわしい屋敷が必要となるでしょうが、それまではこの地で足りれば幸いでございます。それに……」

「それに？」

商店長は青い目を半ば閉じてケリーからの視線をはずした。

「いえ、どこでラドネイド様がお暮らし遊ばそうと、我々は喜んでお力になるだけです。すべてはラドネイド様のご意思のままに」

「卿の慕われようはここまでか。さすがと言うべきだろうな」

ケリーはこの五十代のやり手の商店長の言動に、ラドネイドのどこらへんがどう魅力的なのか献身したくなるのか詳しく聞いて、自分の気持ちや距離の近い自分たちの状況と比べたくなった。

「そなたらの、ラドネイド卿を敬う心情というのはどういうものなのだ？」

斜め前に座っている商店長は表情を変えないまま青い目をきょろっと動かした。それは不躾《ぶしつけ》なほど強くまっすぐだった。

「唯一のお方と敬っております」

「そうか」

そこまでなのか。だとしたら自分とは全然違う。自分はもっと浅い。役職や見た目や言動に振り回され続けている。個人的にはご友人こと恋人として振る舞って距離を縮められてくるのをどう制御すればいいのか目下悩んでいるところだ。

つまり商店長たち崇拝者たちとはまったく違うということがわかった。

それがわかったところでちょうど馬車が止まった。

三十代くらいの若い執事と綺麗どころの侍女たちが玄関からならんで出迎えている。

「ようこそいらっしゃいませ」

馬車の扉を開けた執事がそう言って頭を下げた。先に商店長が降りていく。

次にケリーが足台を踏んで地面に降り立つと、両扉を開けた玄関の中央にラドネイドが立っていた。

光沢のある黒地に星屑の河のような光をちりばめた三つ揃いを着用していた。首元のレースは控えめで、いつも胸元で毛先を跳ねさせている髪型ではなくすべてを首の後ろで結んでまとめていた。前髪も固めて後ろに流している。

どんな夜会や公式行事であっても黒ケープ姿で、どこか異国の風来坊めいた自由な服装をしていたラドネイドが急に王国人めいた、それこそ真人間めいた装いをした驚きと新鮮さがあった。

「ようこそケリー。よく来てくれた」

「ご招待ありがとうございます、ラドネイド卿。途中道が塞がれていまして、そこの商店長の馬車に拾ってもらってどうにか約束の鐘の内に来られました」

「ああ。エイジャムご苦労だった。別室で休んでいけ」

「恐れ入ります」

「私の従者もあとで来ます。手土産は彼から受け取ってください」

「わかった。ケリーの従者の世話も頼む」

「はっ」

ラドネイドが申しつけると執事は流れるように頭を垂れた。

「さあ、ケリー。私が案内しよう。途中、小悪党がケリーに触れようとして不快だったな、大丈夫か？　ああ、赤いマフラーと赤い外套がとても似合っている。今日も素敵だ、ケリー」

背中に手を回してきたラドネイドが楽しそうに声をかけてきて、ふたりで家屋内に歩きだしながらケリーの全身に目を這わす。ケリーは微笑み返す顔が一瞬こわばった。

(小悪党？　あ、掏りか。血を吐いて死んだ掏りか？)

ここに来るまでにケリーと同行していたオリオしか知らないような出来事のはずだ。オリオはまだこの邸宅に到着していない。ラドネイドが知るはずのない出来事だ。

「卿こそ、いつもと違う装いで戸惑いました」

「ではお互い驚かせたということかな。まず邸宅を案内しようか。それとも暖炉の前で茶でも飲むか」

「いえ、案内してください」

「マフラーと外套ははずすだろう？」

「ええ」

そう言うと、自分の邸宅でもあるからかいよいよケリーの従僕さながらにケリーの世話をして脱ぐのを手伝う。小悪党の件を問いただせないまま会話が進む。知らぬはずの出来事を知るなど、ラドネイドの神秘のひとつと考えればそれまでなのだが、そこにはおそらく——倒れたとしか聞いていないが——ひとつの死がある。ゆえに踏み込んだ問いがしづらい。

「卿、自分でできます」

「ケリーは今日、客人だからな」

そう言ってラドネイドはケリーから奪った物を侍女に渡した。そっと背中に手が添えられる。

「一階に食堂と舞踏室、遊戯室がある。私の書斎や寝室、客室は二階だ」

一階だけをざっと見て回り、二階は言葉だけで説明された。

「庭に出ると東屋と温室がある」

そして最後に付け足された言葉にケリーは顔をラドネイドに向けた。

「温室まであるのですか。凝っていますね」

「侯爵家では温室は侯爵夫人の城だったな」

「そのせいか、温室はその家の女主人のものという印象があります」

「なに、男でも花をはじめとした植物が好きな者はいるだろう。私は使用人任せではあるが、綺麗に咲いているのもある。そこで茶にしようか」

「はい、ごちそうになります」

内庭へ続く扉を開け、小道沿いに歩いていく。外套を脱いでいたので寒風に驚いた。日も傾いて予想より薄暗い。初冬ゆえに日が落ちるのも早いのだ。

「もう暗いですね」

「足下は大丈夫か」

「はい、大丈夫です」

緩く腰に回っていた手に力が入った。ちょっと足を取られつつラドネイドの肩に自分の肩をぶつける。

「ラドネイド卿」

危ないと注意を込めて名を呼ぶ。

「寒そうだったので引き寄せた。私がケリーを支える。転ぶわけがない」

ケリーはその物言いに内心むっとした。ラドネイドは時々こういう独善的な判断で有無を言わさず強引なことをしてくるのだ。

いつもならここで流されて受け入れているなと自覚し、ケリーは左腕を伸ばしてラドネイドとのあいだに距離を作って足早に三歩ほど離れた。

ラドネイドはどんな反応をするだろうかと心の底で冷や冷やしながら、しかしもうやめられない。

「卿、いまのは少し、気分を害しました」

顔は正面を向いたまま腕を振りほどいた理由を言う。

左手の手の平にふわっと暖かいものが触れた。そう思った時には、指と指のあいだに白く長い指が挟まっていて、強固なほどにぎゅっと握られていた。

「さあ、温室に着いた。ケリーが気分を直してくれるようもてなそう」

耳のすぐそばで囁かれ、ケリーはうつむいて情けなくもぶるぶると震えた。とてもラドネイドの顔を見られない。左手は振りほどけるどころかしっかりと繋がっている。

人によっては甘い囁きなのかもしれない。

従僕が開けた温室の扉をふたりしてくぐる。

格子に硝子を嵌め込んだ温室は、暗褐色の部分照明で照らされていた。

花の色ははっきりせず、その造形は黒色に塗り潰されており、ただ香りだけを濃厚にその存在を主張している。硝子の向こうから届く残光と暗褐色が温室内の明暗を作り、急に世界が幻想めいてきていた。

左手を引かれるままケリーはめまいと冷や汗に襲われて、足下をあやしくしながら付いていった。

温室内はむっとするほど暖かだった。

「おや、ケリーの顔色が……外と内で寒暖差が激しいからかな。この椅子がいい、ゆっくり座って私にもたれてくれ。いま茶を運ばせる」

中央の応接家具のあるところまで肩を抱き寄せられて連れていかれ、ふたりでならんで長椅子に座った。

「ああ……」

深く腰掛ける革張りの、あまりにもいい座り心地に声が出た。

暑いからと上着を脱がされ、首に巻いていたタイも緩められている。

「卿、そこまで」

あいかわらずの世話好きぶりに慣れてきているものの、一応断りを入れる。

「いや、この邸宅の主人である私はケリーの気分を直す義務がある」

そう言うと、ケリーのこめかみに唇を当てた。そうするとめまいが鎮まるかのように。

気づくとケリーはラドネイドの両腕の中でその首筋に頭をもたせかけてうとうとしていた。

目の前の卓では飲み干された茶器と空の皿が置いてある。

意識して考えれば、その茶器に湯気の立つ香茶を供されたことが思い出されてくる。

「……卿、すみません。すっかりもたれてしまって」

少し体を動かしながらそう言うと、ラドネイドの腕がはずれた。

「気分は？」

「はい、すっきりしています」

「晩餐はどうだ？」

「着替えないといけないですね」

「酒は無理して飲まなくてもいい。料理もどれも味見ていどで十分だ。外はすっかり日が沈んでしまったからな。外套を持ってこさせている」

「お気遣いありがとうございます」

ラドネイドに軽く頭を下げ、正面を見上げると鉢植えの黒茨が咲いていた。

「卿の茨ですね」

「来年も咲いたら、ケリーに贈ろう」

秋茨なのに随分と長持ちしている。ラドネイドからケリーに贈られた黒茨は乾燥させて保存している。

上半身を離してラドネイドを振り返ると、夜空に銀河が横たわっているような三つ揃いを着て、深く腰掛けていた。自分はこの姿のこの男にもたれかかっていたのだ。それはまるで星空に抱きとめられていたようなものではないだろうか。

「その衣装、よくお似合いですよ」

「ケリーに褒められたのなら、贈ってきた相手に私も褒めておこう」

「そうなさってください。またぴったりのご衣装を贈ってくれそうですから」

そう言うと、ラドネイドは小さく微笑み、一動作だけで深い腰掛けから立ち上がった。そのままケリーに手を差し出す。

「ようこそ我が家にケリー。ずっと待っていた。ゆっくりしていってくれ」

第十八話　正体

温室から客室に案内されたケリーは控えていたオリオの手を借りて背広にブラシをかけ、革靴を磨き、タイをはずして持参していたレースリボンを首に巻き直す。

鏡台の前に座り、ふわふわした金髪に櫛を通す。

窓の外の日は落ちて、温室と同じく邸宅の中でも潤沢に立てられた蝋燭が各所を照らしている。青い瞳に眩しいこともなくちょうどいい。

花瓶にいけられた赤茨は陽光より暗い照明の下では王家の茨のようだった。ここがラドネイドの邸宅だというのなら、黒茨こそがふさわしい。

扉にノック音がして、一階の食堂に呼ばれた。

案内されている途中に見上げた白壁の天井や白い柱の隅に黄金色の装飾が施されていることが、日が沈んでからのほうが気づきやすかった。

食堂の六人掛けの長卓には中央向かい同士に二脚の椅子。

テーブルクロスには雲が描かれていて、雲の上の食卓となるように演出されていた。燭台の位置や暗色系の絨毯がその白い雲を際立たせている。

ケリーを立って出迎えた邸宅の主人であるラドネイドは、玄関で出迎えた時と同じ装いではあったが、ドレスシャツの袖口にカフリンクスと、首元のレースに赤い宝石を飾り、左ポケットに赤茨を一輪挿していた。

黒い夜空に星の河の衣装は、この時こそよりふさわしかった。

夜空より滲み出てきた神秘的な雰囲気が彼以上似合う人もそういないだろう。

「我が晩餐にようこそ」

「ごちそうになります」

「掛けてくれ」

晩餐会は静かにはじまった。

客はケリーただひとり。

給仕は黒一色で、ただ、白い袖口に白い手袋をはめていた。手だけが動いているように見える。

極力、食卓で向かい合うふたり以外の人間を排斥しているようだ。

夜の中。

それこそ夜の真ん中で、星空をちりばめた、地上ではなく夜空から生まれたような整った造形の男と、ただふたりきり。

「葡萄酒がいい？　香茶がいい？　麦酒もある」

「このような席ですから葡萄酒をください」

「無理せずともよい。いつでも香茶を頼んでくれ」

「はい、そうします。ありがとうございます」

温室でのやり取りをおぼえていてくれたのだろう、無理に酒を勧めてこなかったラドネイドにケリーは礼を述べた。

硝子杯に濃い赤色の葡萄酒を注いでもらい、乾杯する。

「地神の恵みに感謝を」

「今夜も大地からのごちそうだ」

あいかわらずラドネイドは食事を開始する時の定型文「感謝を」で返さない。何かこだわりでもあるのだろう。

深く尋ねて神への不敬の言葉が返ってきてもケリーが困るだけなので、ケリーとしてもあいかわらずそっとしている。

冬場の定番である熱々のパイが運ばれてくる。具材は肉が中心で、主人であるラドネイドが席から立ち上がって切り分ける。揺れる袖のレースを見ているケリーのほうが汚れないかと心配した。

食べる時と同じように、大胆かつ的確で素早い所作だった。

三角形になったパイのひとつを皿に載せてソースをかけ、ケリーの前に置く。

「パイは肥えた鳥肉で作らせた。ソースはケリーからもらったベリージャムと葡萄酒だ。感想を聞かせてほしい」

「それは気になりますね」

主人役としてのラドネイドを今日はじめて見るが、話題を振ってきて明るい場を作るもてなしぶりだった。

豆や野菜の料理もそろえてあり、小さな深い皿にスープもある。しかし食卓の真ん中にあるのはいつだってこの国ではパイ料理だ。よい匂いのするパイをさらに食べやすい大きさに切ってソースを絡めて口に入れる。

「ああ、いいお肉とソースですね。少しの酸っぱみと甘さで、お肉の美味しさも引き立ちます。美味しいです」

「料理人を褒めておこう。私もこの味は好きだ」

向かいに座り直したラドネイドも大きく切ってささっと口に運んでいる。彼の皿にはパイが二切れ。もう一切れなくなった。

「以前、卿のお国ではパイをほとんど食べなかったとおっしゃっていましたが、どうですか、この国に来てからはパイ料理ばかりでしょう。飽き飽きしていませんか」

「人族の手の込んだ捧げ物はわりと好きだ。具材が豊富でいつも楽しい。大地の麦は地神に愛されているだけあって滋味があると思っている」

葡萄酒はまだ二杯しか飲んでいないはずだがラドネイドの返しがなかなか高難度だ。いったいだれ視点の言葉なのか。

ケリーは微笑みを維持したまま、雲の上の食卓でちょっと途方に暮れた。

「……お気に入ってくださっているようで、人族たる我ら王国人も光栄です」

「ああ、最初にどうも失敗したようだったので、それで人族と仲良くやれるかひと欠片ほど不安があったがそれも払拭《ふっしょく》された。この国の、なんでも包んで食べてしまおうという試みは面白いと思う」

　カトラリーをわざわざ置いて、ラドネイドは両手でパイ包みをあらわした。

　その仕草も、その仕草をする大真面目なラドネイドもなんだかとても滑稽で、ケリーは声を出して笑った。右手のフォークを握ったまま、手の甲で口元を覆いながら肩を揺らした。

「し、失礼、卿」

　遠慮なく笑ってしまったので一言謝れば、ラドネイドは両肘を食卓に置いたままケリーを見て微笑んでいた。

　髪を後方に撫でつけた髪型のままであるため、蝋燭の柔らかい明かりでその優れた顔貌が隠すことなくさらされている。白い肌、青い瞳、金色の眉と睫毛。

　星空のもっと奥の闇より生じたような妖しさのある男が、この時ばかりは裏も何もない頭抜けて明るいただの男に見えた。

「楽しいか、ケリー」

「ええ、おかげさまです」

「この国は好きか」

「そうですね。もはや剣を握って守ることまではしませんが、母国として安寧であってくれと願っています」

「いまのこの国は暮らしやすいか」

「久しぶりに王都に来ましたが、民の暮らしぶりは楽しそうですね。よいと思っています」

「では、この国はいま、ケリーの願い通りだな?」

「え?」

なんの話だろうと、ケリーは背筋を伸ばし記憶を探った。

「私はいい夫だろう?」

ケリーは息を止め、そのまま立ち上がって後ずさった。椅子は音もなく倒れ、ケリーの引いた片足も絨毯を踏んだ感触がなく沈んでいく。白い雲の食卓から遠ざかっていく。夜空の暗いほうへ。闇へ。

(嫌だ。見えない)

暗い。

ここはどこだ。

ラドネイドの王都の邸宅ではなかったか。

招かれた晩餐会を楽しく過ごしていたはずだ。

初冬とはいえ少し冷える。

どこかで嗅いだ臭い。

暗闇に光るあれは星だろうか。

風が通り過ぎていく。長大な洞窟を風が移動する。前へ後ろへ。地上と地底へ。

ケリーはうつ伏せで倒れたまま、やっとのことで息をしていた。服越しに冷たく硬く平らな上にいることはわかる。

「ひゅ……ひゅっ、う……」

ラドネイドのはじめたおやすみの口づけで暗くしても眠れるようになっていたのに、いま全身に冷や汗をかいている。

目の先にあるはずの手すら見えない。

「は、どこだ、は、だ、だれか」

こんな暗い中は嫌だ。

頭に声が響いた。

『随分と待たせたおわびに、そなたの願いを叶えると言った。そなたは自分は近衛騎士であると言った。近衛騎士とは王家を守護して戦う者であると。だから自分の願いは王家と国と民の安寧を、近衛騎士としてこの国の貴族として願っていると——』

まったく覚えのないことを声が語る。

ズルッ。

重い物が引きずられたような音がした。ケリーは敏感に反応して振り返るが何も見えない。思い切り目を開くが暗闇の中に蠢《うごめ》く物を見ることはもちろん、感じることもできない。息を吸うが、うまく吸えない。

「ひゅ……ひゅっ」

無意識に仰向けになり、肘でよじって後ずさりしていく。膝を立てようとしても足に力が入らない。

「卿、卿」

呼ぶがいらえがない。

ズルッ、ズルズル。何かが近づいてくる。

床に立てている肘が震えてくる。

逃げろ。

捕まるな。

「は、はぁひゅ……っ、ラド、ラドネイド様……っ」

近寄ってくる巨大な気配と不気味な這いずる音。

日の当たらない岩の匂いと、湿った空気。

星のない真っ暗な夜空の中の白い食卓の晩餐会。星空を唯一身にちりばめていた美貌の異国人。

彼ならばこの暗闇の中でも移動できる。

それは閃きでもなんでもなく確信だった。なんといっても頭の中の声の主がラドネイドであり、寸前まで話していたのは彼だったからだ。

「うぅ、ラドネイド……助け、助けてください。助けて」

出せるぎりぎりの大きな震える声で絞り出した。

『大丈夫だ、今度は力加減を覚えた。この人型なら、こうしてケリーに触れる』

ドシャッ。

濡れた土砂が地面に落下したような音がした。しかしケリーに覆い被さってきた物量は軽いものだった。脳内に響いていた声は間近で聞こえた。手を伸ばそうとしたが、肘で上半身を支えていたため痺れてしまってできない。

「卿……？」

喉元から胸元にかけてひやりとした空気を感じた。

（なんだ）

顔の近くにラドネイドの顔があるはずなのに息も触れない。暗闇の圧迫感は受け続けているのに、ラドネイドの声が聞こえないといまそこにいるのか自信がなくなってくる。

冷えた両手が、胸元から肩に撫で上げてきた。

「あ……!?」

思わずのけぞり、そのまま背中ごと床に倒れる。頭の後ろには硬い感触がした。勢いよく倒れていたら危険だった。

そんなあいだも、服を乱されていく。見えないが、間違いなく裸にされていくようだった。

「ラド、ラドネイド卿。卿ですよね!?　や、やめてください。こんな暗い中で、真っ暗で見えなくて、こ、怖いです。やめてください、卿。お願いします」

力の入らなかった足が、開脚していく。

下着ごとズボンを脱がされたあとで、閉じたかったが膝を押さえられ押し返せない。

「やめ、なに」

『契りを交わそう』

いらえは再び脳内に響く声だった。

「——あ!?　あぐあっ!?」

つぎの衝撃で脳内に響く声も聞き取れなくなる。真っ暗な視界の中、白い火花が散った。ズル、バキッ。鉄臭いにおいがする。

『その姿のまま、魂と深い契りを交わそう』

頭の芯を揺さぶられるような声だった。わんわんと耳の奥で響いている。体もぐらぐらと動いている。

大きな男の手と、吸いつくような濡れた感触が素肌を這っている。

重苦しいような質量が全身を押し潰してくる。

ケリーは歯をカタカタ鳴らした。

『我が奥底に地上の妻としてそなたの魂の名が刻まれている。そなたにも我が深さと等しい印を残したい』

どこか苛立ちを含んだ声音で、とたん、その感情がケリーに跳ね返ってきた。

「あがっ、はひゅっ、はぁ、があああああ」

体を跳ねさせたが上から押さえられていて、ちっとも跳ねなかった。ただ、内臓を引きずり出されていくような、ただ食らわれている恐怖だけがあった。

グチャ、ピチャ。

きっともう間もなく息も止まる。楽になれる。

『ああ、ケリー……。なんて脆い。儚いな。土塊からできているのだから仕方がないのだろう。とてもこれ以上は刻めない』

何も考えられない頭の中に、ただの音が流れていく。

至高とでもいうべき音曲が奏でられていたとしても、もうケリーにはわからない。

受け止めきれない次元の違う存在によってほとんど四散したとでもいうべき四肢はバラバラになり、内臓ははみ出し、体内の血は流れるにまかせ、人族としての器を動かしていた熱量の命という活動がじょじょに低下していく。

闇にふさわしい静けさの中、ぽつりと声がつぶやかれる。

一変させる言葉。

『ままならぬものだな』

「あ、あぁっ……や、ああん⁉」

これまでの過剰な痛みに麻痺し、末端を痙攣《けいれん》させることしかできないでいたケリーは、急に違う感覚に襲われて——喘いだ。

まさに虫の息といったところまで至っていたのに、気づくとラドネイドに見知らぬ寝台の上で裸で組み敷かれ、熱い欲望を咥《くわ》え込んでいた。

ラドネイドの白い肌も、その肌に張り付いている長い金髪も、揺れる金髪も跳ねる先端の巻き毛も、肌とは違う乳首の色さえ見えた。

寝室の中には小さな暖炉があって、そこで薪が燃えていた。連続して弾ける音がする。そしてしきりに寝台がきしむ音も。

「あ、やぁ、ラ、ラドネ……あぁん」

まるで晩餐後、ずっとこうしていたみたいに服を脱ぎ捨てふたりして汗みずくになって情事に耽《ふけ》っていた。ケリーは体がとろとろになったかのように力が抜けており、ろくに舌が回らないことに内心焦った。

ケリーの両足を腰に巻きつかせて、せっせと腰を動かしていたラドネイドはうっとうしいように片手で髪を払い、ぐっと背筋を伸ばすと、ケリーの両足を持ち上げて肩に担ぎ直してしまった。

「くぅ、んん……！」

情けないことにケリーは子犬みたいな鼻声しか出せなかった。よすぎて意識が何度も遠のく。

「可愛いな、これがそんなに気持ちいいか？」

「ん、ん、あ、あ」

とてもいい、とケリーは何度もうなずく。ケリーを見下ろすラドネイドは少し皮肉げで、そのくせ青い目はいつになく柔らかく細められていた。

「気長に、こうして刻むほうがいいか……。あと何回くらい、いけそうなんだ、ケリー？」

返事ができないまま、ケリーは朝まで快楽漬けにされた。この日からケリーは侯爵家には戻らなくなった。

第十九話　相談役と討伐者

【冬　南部　アンシュリー男爵領】

ラドネイドはケリーの男爵領への旅に同行し、そのまま領主館に入った。館の屋根の色がこの地の有名な物産であるベリー色だった。

王都より暖かい冬だった。灰色の空に生温い風。四の鐘が鳴った。

出迎えたのは先行した者の報告を受けて待ち構えていたこの領地の代官だ。

「無事の到着なによりです」

「ケリーの看護の手配を頼む。私はラドネイド。ケリーの伴侶だ。一緒に住む。部屋の用意はできているな？」

「は、ご命令通りに」

ケリー自筆の手紙ではなかったが、侯爵当主に指示する事項を書かせた手紙を送ったので、侯爵の属爵である男爵領の代官をしている男は疑わなかったようだ。

馬車から毛布でくるまれたケリーが運ばれていく。

王都のラドネイドの邸宅に招待し泊まった日から、ケリーは再び精神と体調を崩して寝込んだ。

ラドネイドは責任を感じ——という文面で、ケリーの両親宛てに手紙を書いて交渉した。このまま彼の面倒を見させてほしいと。

一度療養して八年かけて快復してきたのだからと。看護してくれるならケリーの領地でしてほしい、という話になった。

ラドネイドはケリーさえいればどこでも構わなかった。だから男爵領行きに同意した。

王都を離れる前に国王に挨拶と辞職を申し出たが引き留められた。

「卿にはこれまで数々の有益な助言の功績により爵位を授与する予定であったのだが……」

引き留め交渉役の宰相にそう言われた。

結果、子爵相当の年金を賜る代わりに相談役という役職は継続していくことになった。それだけ決めるともう王都に用はなかった。

＊

心身を崩したケリーを王都から男爵領に運んでから六日経過した。

八年間ケリーの療養地であっただけに、看護側も要領を得ており隅々まで目が配られていた。

隣の領地から医師が三週間ごとに往診することを契約した。

男爵領にいる医師は庶民向けの医師であったので、前回の療養期間同様に貴族社会にも対応できる隣領地の医師を雇うことにしたのだ。

領地の経営や王都からの問い合わせなどの対応は代官や執事、ケリーの着替えや、清拭、食事の介助など日常の看護はオリオを筆頭とした従僕たちが務めていたので、ラドネイドがケリーの男爵領主館で暮らしながらしていたことは、まさにケリーの『友人』として気晴らしを与える役割だった。

朝晩の挨拶をし、ケリーが起床できそうなら寝室であろうと食事を同じくし、月報の興味を引くかもしれない記事を話してやっていた。望まれれば歴史ものや詩、冒険小説などの本も朗読してやった。

南部の領地にも冬は深くなっていく。静かで穏やかな日々だった。

窓から見渡す林の葉は落ち、地面を覆う草も枯れて茶色になっている。

星々の瞬く夜中。

両手をポケットに突っ込んだままラドネイドは両開きの裏門を開き、領主館の敷地から出ていった。

夜番の門衛がひとり立っていたが、警護している門が開門したことにも、療養している領主の美貌の『友人』である高貴な客人が目前を通っていったのにも気づかない様子で、声ひとつかけてこなかった。

館から二百歩の地点は、日中窓から眺めた葉の落ちた林の中だった。

明かりは星々しかなく人族ならば腕を伸ばしたほどの視野しか確保できないだろう。

「さて、王都でお別れしたはずだが、わざわざここまで追ってくるなんて、まだ私に何か言いたいことがあるのか？」

林の奥に向かったラドネイドが言う。

肩幅に両足を開き、両手はポケットのまま、いつもの黒のケープ、その下も黒の上下。首にも袖にも飾りのない白いシャツに、黒の革靴の姿だった。

暗い林の中の、さらにほぼ全身黒の恰好に白い肌と胸元まである金髪はぼうっと浮かぶようだった。

二十を数えるほどすると、土を踏む音がした。

「闇神よ、あの人族を連れて地底に戻れ」

あらわれたのは王都の林の中で首を切断して黙らせた男——人族から「討伐者」と呼ばれるサルバル・ドンスだった。

ラドネイドはひとつ瞬きした。

「もう信者の口を借りるのはやめたのか？」

前回王都でラドネイドを呼び出してきた男は天神の信徒のサルバル・ドンスだった。途中、その男の口を借りて天神自身が喋っていた。

意見の不一致により、ラドネイドは地中にある中で一番硬い物質で剣を創造して、それをすぐさま地上に引っ張り上げ、それを使ってサルバル・ドンスを物理的に黙らせた。

赤色の液体が噴水みたいに噴き出した。

今夜、またあらわれた白っぽい金髪に白い鎧に白い外套姿の三十代前半くらいのサルバル・ドンスの首は繋がっており、傷ひとつない。しかしその体を、口を動かしているのはサルバル・ドンス自身ではなかった。彼が信奉する対象に代わっていた。

「闇神よ、おまえの目的であるあの人族を連れて地底に戻れ」

またサルバル・ドンスの口を借りて、天神が言う。

視線をはずさないまま、ラドネイドは右手をポケットから抜いて地面に向かって手の平を向けた。

目の前の男を殺害した凶器をもう一度召喚する。

地中の石が囁き、それは大きなざわめきになって、柄から刃まで黒い鉱石が地面から生えてくる。

鞘はなく、ただ使われることだけを望まれて創造された地上でもっとも硬い武器。

闇神に対峙する天神もサルバル・ドンスが下げていた鞘から剣を抜いた。天神の剣には、星々のか細い明かりなど必要ないとばかりに剣自身が発光していた。

その強い光によって、サルバル・ドンスとラドネイドそれぞれに長い影が伸びた。

「私の人族の嫁は地上の、この国がお気に入りらしくてね。短命な嫁が生きているあいだくらい付き合う予定だ。なあ、同じことを言わせるのか？」

面倒くさそうに言い放つと、ラドネイドは足を踏み出した。

黒い剣は、黒い帯を引いて光の剣とぶつかった。

そこから生じた共鳴は天地を震わし、地面を陥没させ、林すべてを押し倒すほどの惨状を作り出すところであった。

だが、ふたりが剣を叩き合う剣戟《けんげき》の音も衝撃も、一辺が五十歩の四角形の透明な箱に収納されていた。箱の外には音ひとつ漏れていなかった。

街ひとつが破壊されるほどの力が込められた一撃がサルバル・ドンスの胸部鎧を引きちぎった。

ラドネイドは黒いケープの裾を切り飛ばされた。

サルバル・ドンスは動かしている人体が血をだらだらと流し出したことに憤然とした。

「せっかく修復したものを壊すな！」

「壊されたくなかったら突っかかってくるな」

怒りの形相のサルバル・ドンスに、ラドネイドは冷えた目を向けるだけだ。

「おまえが、地上にいることが気に入らぬ！　ここはおまえの世界ではないだろう。なぜいるのだ。さっさと用事をすませて地底に帰れ。おまえが地上にいること自体が気に入らぬ」

声が重さのある震動となってびんびん、ずんずんと箱の中で響く。

「私は私で勝手にやる。おまえはおまえで勝手にやればいいだろう。神として降臨して人族も導いてやったらどうなのだ？」

始終そっけない態度で通していたラドネイドは、最後だけからかうように問う。

「すぐに死ぬ人族などに興味など持てぬわ」

人族は天族よりも闇族よりも寿命が短い。だが短い分だけよく子を産む。

「私もおまえに興味がない。さて、そろそろお帰りいただこうか」

そこからは一方的な虐殺となった。

ラドネイドの黒い剣は、バターを切り分けるように白い鎧を身に着けた討伐者の首を切り、手足を切ってバラバラにした。

光の剣は右手に握られたまま飛び、地面に斜めに突き刺さってただの照明となった。

「天神が何度地上で戦おうと、私には勝てぬぞ」

黒い血だまりの中、ごろごろと三回転。白っぽい金髪を血だらけにして、ちょこんと首が下に止まった頭だけの天神は、討伐者の表情を怒りにしたまま話す。

「ふん！　闇神のくせして、地上の神に振り向いてもらえない人族を、そんなに愛でて見苦しい！」

ラドネイドは天神の台詞を無視して言う。

「しょせん、おまえは地上に降りれば力が半減するわけだから、こうして私の邪魔をするか口うるさく嫌味を言うかがせいぜいだ。もうぎゃんぎゃん好きなだけ叫んだだろう？　帰った帰った」

青い瞳は悔しそうに燃えている。

天神は広き天上界に住まい、治め、所属している。

地上に降臨すると、その力はじょじょに半減し、滞在するほど力は失われていく。

そこでいくと、地底の神は、地神に近く、地上に出現しても力はそのまま。

属性の近い仲のいい、地神と闇神が、天神は気に食わない。

大地にしか興味のない地神が、闇神だけを容認しているように見えるのだ。

「それにしたって今回はおかしいだろう!?　以前なら私とおまえの力はもうちょっと均衡していたはずだ。どうしてこうも一方的になるのだ」

帰ってやるから訳を話せと生首がまくしたてる。

サルバル・ドンスの右足を蹴っていたラドネイドは視線をやった。

「この国の国王から直筆の『親書』を私宛てにもらっている。だからじゃないか？」

「な⁉　わ、私宛てにも『親書』は神殿に捧げられておったぞ」

「だとすると国王は三股しているのだな。一番は地神、二番は私、おまえは三番目だからその分『親書』の有効力が落ちているのではないか？」

「あ、あの塵屑……！　ええい、腹が立つ、帰る！」

そう言うと地面の血溜まりと切り飛ばされた四肢ごと頭部も一瞬にして消えた。光の剣の形の照明も消えて、真っ暗闇となる。そんな明暗には構わずラドネイドが防音の囲いを外すと、遠くから雷鳴が轟いた。北の方角からだろう。

（古来より浮気への天誅は雷というしな）

妙に納得しながらラドネイドは踵を返した。

最終話　最後の貢献

【春　南部　アンシュリー男爵領】

寝室は暖かい空気に包まれていた。細く開いた窓から、甘く暖かい風が入りカーテンを揺らす。

蝋燭を灯さずとも明るい。

「おはようございます、ケリー様」

「……お……オリオ……」

寝台脇から背をかがめる気配がして、忠臣の嬉しそうな声がする。

「今日はよいお加減のようですね」

ケリーは絹の滑らかな寝間着を着て寝台で横になっている自分を意識した。

寝台上で上半身を起こす介助を受け、縦にした枕にもたれたまま温かい湯で絞った布で顔を拭いてもらい、洗面作業を終えてすっきりする。

「朝食は食べられそうですか」

「……ああ。外、暖かいな」

昼近くまで寝ただろうかと思った。

「もう、春ですから」

「はる……？」

目覚めたら春だったというのは、ケリーにとっては偽らざる事実だった。

初冬まで王都にいて、その後のことがよくわからない。冬が丸ごと消えている。

オリオがだれかに何かを指示する声が聞こえた。

寝間着の上に綿の長袖を羽織らせてもらう。黄緑色に袖の部分にだけ黄色の小さな草模様が刺繍されている。

季節が本当に春だとしたら、春らしい色と柄だった。

(私は、『闇の祠』に行って、あれからずっと、領地で療養しているのだったか……？　王都に帰ったのは夢だった……？　母に喜ばれて、夜会や会食にも出て、商店で物産の販路を広げて……あれも夢？　縁談も二件あって、どっちも立ち会ったラドネイド卿に惚れてしまって)

あれは長い長い夢だったのだろうか。

その夢の登場人物が艶やかに光る金髪の毛先を跳ねさせて寝室に入ってきた。場がぱっと明るくなる、圧倒的存在感。

「おはよう、ケリー」

よく響く魅惑の声。

青い強い力をもつ瞳。

傷ひとつ、皺ひとつない陶器のような白い肌。

広い肩幅、長い手足。

「……おは……ます、卿」

ぼうっとしたままケリーは挨拶を返す。

「春は活動の季節だというがその通りだな。ケリーが目覚めた」

寝台脇に立ったラドネイドは、じっとケリーを見下ろしてからしみじみと言った。白いシャツに灰色のショールを首に巻き、黒地に灰色の縦縞ズボンを穿いていた。

「ここで食べよう」

「はい、ラドネイド様」

ケリーの従僕や侍女にラドネイドが命じて朝食の用意が進む。侍女たちが盆を運んでくると、いい香りがした。焼きたてのパンの、あのたまらない香りだ。自然と口内に唾が湧いた。

とんでもなく腹が空いている気がした。

目を閉じて開けると、斜め前に椅子に腰掛けたラドネイドがいる。

寝台や壁紙、家具の種類に寝室の広さなどからここが男爵領地の館なのだとわかる。

「……卿は、どうして……ここに？」

「その説明はおいおいとしようか。スープを飲んでみるといい」

深皿ではなく杯に入れられた具のないスープを、ラドネイドに支えてもらいながら一口飲んでみた。喉を通り、胃が温かくなる。

王都にいたころは豪快で早食いだったラドネイドが、香ばしい香りをさせている丸いパンをちぎり、小さくして食べている。

思わず目がパンの行方を追う。パンを咀嚼していた口端がくいっと上がった。

「一口欲しいか?」

え? と驚いているうちに小さな欠片を口元に近づけてきた。

(いい香りだ)

麦でできたパンの香り。大地からの恵み。

自然と口を開き、パンを口の中に入れた。舌の上に固形物をのせたことが随分久しぶりに感じられた。

パンは数回噛んだだけで溶けるようにして飲み込んだ。

「どうだ」

「おい、しぃ、です」

「またスープを飲め。それでまだ食べられそうならパンをもう一口やろう」

ラドネイドはケリーの非常にゆっくりとした朝食を優先し、ケリーがもう食べられないと首を横に振って断ると、別の丸パンを二個、上下に切ってハムと野菜を挟み、見覚えのある豪快さでパクパクっと平らげた。他にも具材たっぷりのシチュー、乾燥ベリーに乳製品も続けて優雅に素早く空にしていった。

(ああ……やはりラドネイド卿なんだな)

その食べっぷりに、かの貴人が目の前にいることを実感した。

ケリーはラドネイドが王都と変わらず男爵領でも自分のそばにいることを認識したが、それ以外のことはただただ茫然として過ごした。

仕事は代官、日常のことはオリオや従僕たちがしてくれている。

起床できるときは露台の寝椅子にねころびただぼんやりとし、夜は蝋燭を灯す寝台でラドネイドに本を読んでもらいながら寝た。

食事は食べられそうなときにラドネイドが口に運ぶ料理を少し食べた。

あとは焦点の定まらない目をし、たまに顔色を変えて叫び、うめき、体を壁にぶつけようとしてラドネイドに防がれていた。

「――――！　――――！」

声にならない声で何かを訴え、嗄《しわが》れるほどに叫んでいた。

こうなってしまうと定期的に通ってくる医師の置いていく薬も効きはしない。

罵られ血走った目で睨まれてもラドネイドはいっさい怒らなかった。気分を害する表情をちらっとも見せることもなかった。

淡々とケリーの自傷をことごとく防ぐ。

そして、長い腕で抱きしめ、耳元で何かを囁いて落ち着かせて眠らせてしまうのだった。

＊

ケリーは夢の中で黒石の牢屋で男に犯され、最初は嫌々だったが受け入れ、喘ぎ、快楽で自我を喪失していく自分を見ていた。

自分にのしかかっているものは暗闇だった。物量があり熱量があり体液があり、ぐちょぐちょに濡らして胎内を溶かしてくるかと思えば、硬さのある突起のある体でケリーを圧し潰してくる。内を溶かされ外を潰され血反吐《ちへど》を吐いて死にかかっていると、さらっとしたものが素肌を滑り、鳥肌が立つ。

暗闇は暗黒に凝縮されて人型となり、ラドネイドにかたち造られ、人族の男としてケリーを犯していた。石牢は清潔な寝室へ、寝台の上へと変わっている。

「……あ、あぁっ、あん」

蝋燭の薄明るい中、ラドネイドを椅子のようにして座っているケリーの、日にも当たらず青白いほどに透けた白さとなった両足が大きく開いていた。

「やめ、やら、いぐっ、また、またぁ、ああああ」

何度も吐精された胎内から漏れて濡れた尻を、足りないとばかりにさらに突き上げられる。濡れた音が耳をも犯す。

プチ、プチ。ペロペロ。ピチャ、ピチャ。グチャ、グチャ……

その音はどこか咀嚼《そしゃく》音に似ている。

「あぁ、うぁあ、ラド……！」

ラドネイドはケリーが流す涙と涎を背後から長い舌で丁寧に舐めとる。

ときに耳の穴を舌で嬲り、耳介を舌で転がしてそっと囁く。

「よいのだぞ、このままずっとまどろんでいてもよい。もう何も見たくも聞きたくもないのなら、私の与える夢の中で過ごせばいい。私に抱かれるのは気持ちいいだろう？　私は妻を喜ばせるのがうまい、よい夫だ」

ケリーは夢の中で何度も達した。

闇への恐怖をラドネイドから与えられる底なしの快楽で塗り潰されていった。


ケリーは夜中に目覚めた。

隣には寝間着姿のラドネイドが寝ていた。

春夏用の軽い寝具がふたりにふわりと掛けられている。

さきほどまで夢の中で熱く絡み合っていた人物と同衾《どうきん》していて、ケリーは混乱した。事が終わってふたりそろって寝ているのか、それともただラドネイドが添い寝をしているだけなのか。

（いや、私は王都で卿と関係を……!?）

あれが現実だったのか夢だったのかわからない。

これまで何度も裸体のラドネイドに組み敷かれて抱かれてきた。しかしその認識は夢だったのではないだろうか。

思わず上半身を起こして、寝具の上に足を崩して座ってラドネイドを見下ろしていた。明かりはカーテン越しの薄明かりしかない。一等星の輝く春の夜。

寝過ぎたせいか、全身に重さと腰に鈍痛は感じたが、それだけだった。股間に違和感はなく肌にひりひりするところもない。

目を閉じて仰向けのままのラドネイドの手がするりと動き、ケリーの片手の指と指のあいだに指を差し込んで握った。

「卿」

小さな声で呼んだ。ラドネイドは目を閉じたままだ。

ケリーは大きく胸を上下させた。

「……あなたは……」

闇だ。あの洞窟の闇だ。闇神が顕現した仮の姿だ。そう思えばこそ喉の奥が狭まったように息苦しくなり、声も出なくなる。

しかしその畏怖も、畏怖を与える相手からしっかりと握られた手の温かさに励まされる。

「わ、わた……私は………あなたの妻ではない」

「人族には理解しがたいことなのだろうが、そなたは間違いなく我が花嫁、我が妻なのだ。そうでなければ、どうして私がそなたの願いを叶えているのか」

ラドネイドは仰向けのままケリーのほうに顔を傾けたが、目を閉じたままで静かに答えた。

「願い……」

自分は何を願ったのだろう。

地底の神に蹂躙され、地上にまで追いかけられ、妻だと女扱いされてまで何を願った？

九年前の晩秋。はじめての勅命に勇んで挑んだ新人近衛騎士の自分は何を願っていただろう。侯爵の三男として、貴族として、近衛騎士として。

ケリーの目が虚ろになった。

ラドネイドを見下ろしていた視線を上げ、薄っすらと窓枠のわかるカーテン越しの窓を見る。

「王家と、国……」

九年前の自分ならそうだったろう。

あの時の自分なら。

いまの自分の内側でその願いを探してみると、隅のほうで国の繁栄、国の安寧という欠片が見つかった。自分が生まれた母国としての愛着だ。

騎士として仕える王家に対しては、籍だけとなっても平気でいられるほどに冷めていた。

くいっと手を引かれた。

「冷えるぞ」

引かれるままに体を倒し、ラドネイドに半身をのせるようにして横になる。肩までふわりと上掛け布団を被せられ、指摘された通り体が冷えていたことを知る。

ラドネイドは温かった。

長い腕がケリーを包む。ラドネイドの左胸に頬を寄せると鼓動が聞こえた。

「………あなたは、いつまで、ここに……」

「ケリーが死ぬまで」

「……私が死ぬと、この国は……？」

「さあ」

ケリーは、自分から死ぬようなことはやめようと思った。自分を抱くこの両腕から逃れられる気がしない。そうである以上、自分が生きているあいだ貴族として近衛騎士としてかつて願ったことを叶えてくれるという闇神を、地上のこの国に引き留めておきたかった。

もはや生きる気力もやっとである三十歳手前の男の、ただ何もせずにできる国への最後の貢献だと思った。

後日談　地上の恵み

【半年後　晩夏　南部　アンシュリー男爵領】

昨年の冬に領地に戻ってきたケリーの療養は夏になっても続いていた。

これまでの八年間の療養と比べれば、ラドネイドという『友人』が時々錯乱するケリーの、とても上手ななだめ役であったため、平穏といえる日々だった。

通常のケリーは無気力なまま寝室で寝ているか、露台で寝椅子に寝ているかだ。

寝ながらでも代官から領地経営の報告を聞いてはいるが、自分から筆を持つことはなかった。横で一緒に聞いているラドネイドのほうが建設的な意見を出してきたほどだった。

「ジャムの出荷量を無理のないていど増やすのはどうだ？」

「と、いいますと？」

代官が聞き返す。

出荷量を増やす理由としては、数年かけて広げていた農園のベリーの苗木が成長して収穫が増えたこと。

ケリーが王都帰還時に商店と交渉してジャムの販路が増えたこと。

それにともない、農家の収穫作業とジャムへの加工の人手を集めるために、ジャムの生産量に合わせて、作業員の雇用賃金に対して領地から補助金を出す仕組みも提案された。

ラドネイドと代官が具体的な内容に案を落とし込んでいく過程を、ケリーは寝椅子に横になってただ聞いていていた。

代官が下がった居間でケリーはひとり掛け安楽椅子に腰掛けているラドネイドを見上げた。

ラドネイドは侍女に茶の入れ替えを命じたあと、ケリーの視線に微笑んだ。

「茶菓子に作りたてのジャムを添えさせようか？　あいにくベリーじゃなくて柑橘だが」

ケリーはどうでもよかったので曖昧にうなずいた。

「……卿が、領地経営に、興味があるとは、知りませんでした……」

ゆっくり身を起こしながらぼそぼそ言う。

綿のシャツ一枚に、薄い毛布を体にかけているだけで気持ちいい気候だった。

昼食でいつもより具の多いシチューを食べていた腹もそろそろこなれてきたところだった。日はまだ高く、部屋に差し込む日差しも明るく強い。

「横で一緒に見聞きしていれば、少しは思うところもあるというだけだ。ケリーも頭によぎった案だろう」

そうかもしれない。指摘されてみればそうだとうなずける妥当な案だ。

いま現在は頭が働かず何も浮かばないが、領地経営に意欲をもっていたころのケリーならば打っていた手だったろう。

「そうかも……」

ノックの音がして侍女が茶と茶菓子を運んできた。

ケリーとラドネイドのあいだの円卓に茶器をならべられるが、ラドネイドはケリーの寝椅子の横に割り込むようにして座ってきた。

「卿……」

たしなめるが聞きはしない。

少女の拳くらいの味のついていないスコーンを小さくちぎり、柑橘ジャムをつけてラドネイドはケリーの口にそれを押しつけた。ケリーは抵抗せずあーんして口に入れた。

甘酸っぱい味が口内に広がる。焼きたてだろうスコーンのホカホカした温かさとバターの香ばしさが鼻腔を満たしていく。

(美味い……)

言葉にせずとも、とろっとした顔つきになったケリーに気づいたラドネイドの口の端が上がる。

こうやって手ずから食べさせられラドネイドという存在に慣れさせられていくようだとケリーは思った。

正体をあらわし、ケリーを妻と呼び、夜な夜な夢か現実かわからぬ狭間で愛で、日中は誠実な『友人』として世話をしてくる。

底知れない闇がすぐそばにあるとわかっている地上で、ケリーは気力を振り絞って立っている。それでも、頭の先から汗を垂らして耐えうる人間の限界というものがある。

限界がきて壊れ、しばらくして意識が覚醒してもまた壊れることを繰り返していた。壊れているあいだケリーは、意識や感覚を曖昧にして、ただ生きていた。

日々は穏やかに過ぎていく。

王都からの便りは遠い知らせ。我が身に関係のない、ただの会話の話題でしかない。

季節の旬の食べ物を口にし、季節の花々が部屋に飾られるのをただ目で楽しむ。

【秋〜冬　南部　アンシュリー男爵領】

階下から届く馬車の止まる音、馬のいななき、複数の動く気配と声のやり取り。その中からだれかが飛び出て、ぐんぐん二階へ上ってくる。速足で廊下を渡り、もう二階にある居間のすぐ前まで。

ノックもなく扉が開いた。

黒いケープの裾を翻して、十四日ぶりに見てもラドネイドは妖艶で息を呑むほど美しかった。胸元で弾む金髪の毛先もそのままだ。

「戻ったぞ、ケリー！」

「はい……」

ご無事のご帰還よかったですと脳裏で浮かんだ台詞は、このかたは闇神なのだから無事に決まっているじゃないかと打ち消した。

次に国王陛下の即位式はいかがでしたか、という台詞も浮かんだものの口にしなかった。

その日ケリーは二階の居間で午後を過ごしていた。

六日前に開催されたはずの新国王の即位式。本来ならケリーもラドネイドも王都に帰還して出席するほどの貴族としてははずすことのできない大事な式だ。

ただ、ケリーは療養中として辞退届を提出してある。

ラドネイドは十四日間ほど王都に行き、さきほど帰ってきたばかりだった。玄関をくぐった足でラドネイドはまっすぐケリーのいる居間に入ってきた。

「土産だ」

ラドネイドはポンティン月報特別号を差し出してきた。

ケリーは安楽椅子に座ったまま両手で受け取って眺めた。一番目立つ見出し部分に『新国王即位！』とある。

「無事に、即位されたのですね」

「そうなんじゃないか？　人族は何度も万歳していたぞ」

「譲位とは……急な話でしたね。前王はご病気だったのでしょうか」

この国ではずっと王の交代は前王の崩御《ほうぎょ》によるものだった。しかし昨冬になってにわかに譲位という言葉が月報に乱舞して、全国の貴族に即位式の出席欠席を知らせるよう手紙が配達された。

去年ケリーが王都に帰還していた時に遠くから拝謁した際にはとくに病んだ様子はなかった。病気だったとしても隠されていたのだろう。

ケリーはそれまで勅命任務の報告を直接してこなかった、八年ぶりに顔を見せた不肖の近衛騎士に対して、国王から何かひとこと言われるかと身構えていたものだった。

国王からもたらされたのは無関心だ。

国王の中でもはやどうでもよい過去の事柄になっていたのだ。

「いや？　まだ元気だったのじゃないか。でももう引っ込んでもよかっただろう」

「そうなのですか」

ずれた膝掛けを直しながら言葉を返す。片手には月報を持ったままだ。

「この国をよくしたままにしておくには邪魔だったではないか」

視線を膝に落としていたケリーは立ったままで頭上に吐き出された発言に背筋がぞっとした。

――何をした。

とっさにそう思った。守護すべき王家に、何をした、と。

「これからの国の舵取《かじと》りは新国王に期待しよう。さて、ケリー。久しぶりだな？」

顔を上げるあいだにラドネイドはしゃがみ、膝掛けごとケリーを横抱きして持ち上げた。

「卿⁉」

滑らかなラドネイドの金髪が頬をくすぐっていった。深い森と野茨の香りがした。

くるっと反転したラドネイドが扉に近づくと、居間の扉は自然と開いた。ラドネイドの両腕はケリーを支えるために塞がっている。

寝室に連れ込まれたケリーが、ラドネイドが新国王の相談役として役職を継続することを聞いたのは翌日の昼前だった。

かすれた声で、

「王都にいなくとも、相談役は……務められるのですか」

ケリーが問えば、寝台に腰掛け、白いシャツに袖を通していたラドネイドが着替えながら答えた。

「ケリーと同じで籍だけ残してきたのだ。私の姿形が必要というのであれば王都に置いた影で代用することになるだろう」

「かげ……」

ケリーは落ちてくる瞼に抗いながらつぶやく。

ラドネイドがこの国の中枢で何をしているのか聞いておきたい。

「新国王からの『親書』を直接受け取った。だから私の眷属の影を王都の神殿に置いてきた。何か用事があればあれにさせればいい。私はケリーのそばにいたいのでな。そうできるよう手を打ってきたという話だ」

ラドネイドが打った手による影響を考えようとしたが、着替え終わったラドネイドの手でふわふわした金髪を撫でられているうちにケリーは寝落ちてしまった。

昼食だといって起こされたとき、ケリーは自分が何を考えようとしていたか忘れていた。


別の日。一階の庭の東屋で過ごしていると、裏門の開く音が聞こえた。

（マルコか）

領主館に小麦粉を納品している大農家の中年男の素朴な顔が脳裏に浮かび、ケリーはふらっと立ち上がった。無言でオリオが付いていく。

ラドネイドは二階の図書室に本を取りに行っている。ラドネイドの朗読をケリーが気に入っていると言ってから積極的にあれこれと読んでくれるようになっていた。

美麗な姿が目に入らないよう瞼を閉じて聞いても、ラドネイドは声まで美声でどうしたってうっとりする心地にさせられる。

たまたま同じ部屋で聞くことがある侍女たちは立っていられなくなってよくうずくまっていた。

硬い地面をふわふわと歩いて角を曲がると、使い込まれた荷馬車が見えた。麻袋を肩に担いで男たちが運び入れていく。

両手で麦藁帽子を持っていた男がはっとした顔をして、深く頭を下げた。その行為に釣られたように他の領民や館の使用人たちも立ち止まって頭を下げた。

「オリオ」

「はい」

斜め後ろにいた従者がすぐそばにやってくる。

「マルコだけ呼べ。他は作業を進めさせろ」

「はい」

ケリーは角まで戻り、館の壁にもたれるようにしてマルコを待った。領主の姿が消えたことで荷運びの音が再開している。

「ケリー様、マルコが参りました」

オリオがマルコを伴って戻ってきた。オリオにうながされてマルコが両膝をついて頭を下げた。

「……いつも納品ご苦労」

「お言葉をいただいた。返事せよ」

オリオに指示されてマルコはさらに頭を下げ、下げたまま喋った。

「ありがとうございます。今年も冬小麦はよく育ちたくさん収穫できました。小麦粉が減ったとのお知らせを受けて本日お届けに参りました。どうぞご領主様のご領地産の小麦粉をご賞味ください」

案外場慣れしているのか、許されると滔々《とうとう》と話した。

「これからも励むように」

「ははっ」

マルコは頭を少し上げてケリーの首あたりを見てからまた頭を下げた。

ケリーがマルコと言葉を交わしたのはこの日がはじめてだった。八年の療養開けのころならこの領地の産物に感謝をしても、それは地神へ捧げたものだった。ただ、二度目の療養に入り、よりこの領地の産物に愛着が増した。農家の顔が見えるようになった。それゆえの言葉かけだった。

その後呼びつけたり交流することはなかったが、窓の外からマルコの納品を見かけると足を止めて見下ろしたりした。

執事によると、マルコは納品するよう決められている小麦粉以外の野菜や果物も館に届けにくるらしい。

今日もそんな納品の日だったのだろう。季節は進み冬になろうとしていた。

最近は書斎の執務机に一鐘刻ほど座っていられるようになった。代官が置いていった書類を眺め、署名して過ごしている。気になった件についてオリオに調べものを命じて、ケリーは午前中のお茶をするために居間にひとり、戻る途中だった。

ラドネイドは書斎に一度顔を見せたが、仕事中のケリーのそばにいる気が今日はないのか居間でのお茶を約束して一旦退出していた。

白く濁った硝子を格子に嵌めた二階の窓から目を離すと、すぐ目の前にラドネイドが立っていてケリーはびくっと跳ねた。

「なかなか部屋に入ってこないと思ったら。廊下は寒いだろうに」

居間で待っていたラドネイドはケリーの迎えに来たらしかった。ラドネイドはケリーが眺めていた景色に首を傾げた。

「農家たちか」

「いつも美味しい食材を届けてくれる領民たちですよ」

ラドネイドが肩に腕を回してきた。誘導されるまま居間に向かう。

ふたりして居間に入り、暖炉の前に立つ。

着席をうながされたがケリーは首を横に振った。まだもう少し体を動かしておきたかった。ラドネイドは強制することなくうなずき、しゃがむと火かき棒を手にした。

炭がごろりと動く音と、灰がかき集められる音がした。

「……貴族階級に生まれておいてなんですけど……大地を耕す農家に生まれていたらどんな人生だったんでしょうね」

二度目の療養生活に入ってからことさら領地で育まれた食材で生きている、生かされているという気持ちになった。

闇神の人型が隣にいて、王家と国のためにもラドネイドのそばに留まろうという意思はあるものの、ケリーの弱った心身は時に地上の神に想いを馳せていた。

自分が農家の倅《せがれ》であれば、思い悩むこともなくただ大地に向かい合って生涯を過ごすことができたのではないかと。

これが妄想のたぐいだという自覚はあった。農家は農作物を税収されている。ケリーは搾取する側の人間だ。

それでも、何もかもわずらわしいことは一切なく、ただ大地を耕し作物の成長だけを願い、天候と自然と戦って生きる人生が単純明快で、その単純さに夢を見たのだ。

そんな白昼夢からの発言だった。

「だめだ」

下のほうからきっぱりと断言する声がした。

ぼうっと突っ立って温まっていたケリーは視線を下げた。

「農夫はだめだ。妻が他のお気に入りになってしまう。そなたは騎士であればよい」

ラドネイドは火かき棒を片手に持ったままゆっくり立ち上がってきた。その、ことさら優美な動作が、無言の怒りを感じさせてケリーは一歩足を引いた。

伏せてだんだん見えなくなっていた恐怖が、ひょいと頭をもたげた。とたん、息が苦しくなる。

ケリーは襟元を片手で握り、意識して呼吸をする。

居間はケリーとラドネイドのふたりきりだ。もう少ししたら茶の用意をした侍女が来るだろう。しかしそれもラドネイドしだいで部屋に入ってこられない。

「や、やめてくれ」

ただ立ち上がっただけのラドネイドに向かってケリーは言った。

ラドネイドは肩越しに振り返った。表情はなく、ただ青い瞳が鮮やかだ。

「ケリーは騎士だ。そうだろう?」

「主家や、守るための、剣も持てない、籍だけの」

矜持も何もない。本物の騎士たちからすれば唾棄《だき》すべき張りぼての騎士だ。それはケリーが一番わかっている。幼いころより騎士に憧れ、望んで近衛騎士となったケリーにこそその真偽がよくよくわかっている。侯爵家三男として、利用価値があるから貴族の端くれとして籍を確保しているだけだ。

そんな、王都では口にできなかった本心を吐露すれば、

「そなたの国も民もいる。主家も存続しているではないか。主家の存続と、守るべき民の幸福、これ以上何を望むのだ、ケェリィ」

ケリーの正面に立ったラドネイドの氷の彫刻のような冴えた美貌に、ケリーは心底凍り付きそう

だった。

ぐらっとめまいがして、重たい頭がのけぞる。

わかっていたかのように、ラドネイドがケリーの頭と背中を抱きとめた。

「……農家なぞ、とんでもないぞ、ケリィ」

悔しそうにラドネイドが耳元で言う。

天井を見上げながら、ケリーはひゅっひゅっと息をした。

「ああ、また調子を崩してしまったな、ケリー。寒い廊下に長く立っていたせいだろう。焦ることはない。じっくり治していこう。ずっとそばにいてやる」

「ラ、ラド……」

「ああ、ケリー」

苦しい息の中ケリーはなんとか身じろぎして名を呼び、制止しようとした。

ピチャ。ラドネイドは名を呼びながらケリーの左側の耳殻を舐めた。ケリーは腕の中でびくびくと体を跳ねさせ、視界が白と黒で点滅した。

「や、やめ、やめ」

最後に発した言葉は柔らかい弾力あるものに塞がれ、濡れて温かいものが口内に入ってきてケリーは数日喋れなくなった。

アンシュリー男爵領の領主は長い統治期間をほぼ療養して治めていたが、ベリーとその加工品の産地として名を馳せ、領民たちは安定した豊かな暮らしを送った。

また、その領地には美貌の『国王の相談役』が領主の『ご友人』として滞在していることでも有名であったが、めったにその星々を砕いたかのような煌めく容貌を見ることができる者はいなかった。

王都にいない『相談役』に対して新国王は生涯一度も召喚状を送りつけたことはなかった。

国王が譲位するという王国の歴史上珍しい形で即位した新国王が統治したラードリュー王国は、即位時の話題性が頂点であり、以降王家の存在感は薄いものであった。しかし国の治安は平穏で、戦争も勃発せず、税金も他国と比べて低く暮らしやすい国として国民に愛された。

地上の数多ある政局が腐敗して統治の安定しない争いの多い諸王国の中では、その短い期間だけとはいえ、じつに安泰であり続けることができた稀な国であった。

あと、妙に騎士の補償金制度が充実した国でもあった。

神話　三つ子の太陽と農家

【冬小麦の収穫時期　春終わり～初夏　アンシュリー男爵領】

この農家の長男に生まれた赤ん坊はマルコムと名付けられ、マルコと呼ばれて育つ。歴代マルコとして姿を得ている地上の神は、日々楽しい農作業をして暮らしていた。

「マルコ」

妻の自分を呼ぶ声が聞こえた。ぐっと腰を起こす。

「マルコ、また夢中になって。どうぞぉ、お茶よ」

今世の妻は幼馴染。結婚して二十年となる。子供は長男と長女。この仮の姿の農家の当主マルコが老いて死んだならば、次に生まれてくる男児がまた地神の仮の姿、マルコとなるだろう。

妻とならんで木陰に座り、茶色の絨毯を見渡す。

南部は冬小麦だ。気温の上昇と共に収穫時期が近づく。快晴の日々は胸が弾む。

「綺麗ねぇ」

感嘆の声にうなずく。

「今年もいい実りになるぞぉ」

「果樹園も順調だそうよぉ。ベリー農家は今年も人手をたくさん雇って収穫しなくちゃいけないみたい。我が家もちゃんと集まるといいわねぇ」

「そうだなぁ。ちょいと賃金を増やしてやれば人は集まるだろう。すでに手配はしているぞ。あんまり集めすぎると他の農家が怒りやがるから匙加減《さじかげん》が大変だ」

「それはあるわねぇ」

妻が肩に頭を預けてきたので背中に腕を回して支えてやる。

休憩後も弟夫婦や小作人も参加して農作業に励んだ。

アンシュリー男爵領の大農地を営むマルコは、大農主として自分の手を土で汚す必要などなかったが、一番励んで、むしろ嬉々として土いじりをしたがる人柄だった。

「旦那さん、領主様へお届けする分の準備ができやしたでさぁ。今回も旦那さんがお届けするんで？」

定期的に粉ひきした小麦粉を麻袋に入れて運んでいた。

「おお、私がするよ。何かあったらいけないからなぁ」

「へぇ」

男爵領の領主が王都から下がってきて暮らすようになって半年になる。その前に八年ほど療養をしていた。快復して一度王都に帰ったのだが、また半年しないうちに戻ってきたのだ。『ご友人』を伴って。

人族農家として数百年に渡り変化しているマルコこと地上の神は、荷馬車の御者台に乗ってごとごと揺られていく。馬は二頭、御者台に御者ひとり、その横にマルコ、小作人の若い男は荷台に乗っている。

マルコは荷馬車に揺られ、通い慣れた道をいく。通りすがりの顔見知りに挨拶をする。

三人とも麦藁帽子を被り、領主館へ向かうので清潔な上下に磨いた革靴を履いている。マルコだけは飾りのついた腰帯を巻き、上着も着ていた。麦藁帽子は門をくぐるときにもちろん脱ぐのだ。

平和な農村の一風景に溶け込みながら、マルコの意識は他に向いていた。

この地上の世界において、マルコと同等の化身した農夫が同時に存在している。違いはその時々で神の意識が向けられる強さと、とどまる長さである。

この領地の若い領主が療養で来て以来、地上の神はこの領地のマルコとして長くとどまっている。そのとどまる理由に対して、随分久しぶりだなあという感慨と、どうでもいいけど、という関心の薄さが同居していた。


通用門を門衛に許されて通れば、厨房の顔見知りが声をかけてきた。

「あぁら、マルコさんいらっしゃい」

恰幅のいいマーサだ。食料庫の管理の補佐や、料理の手伝いをしている地元の主婦である。

「またご主人様が調子を崩されてしまってねぇ。どぉうにも王都の風は悪いらしいよ。やっぱりこの地の作物がいいのさ。とくにマルコさんの小麦はいいよ。ご主人様の食が進むんさね。またよろしく頼むねぇ」

「いやぁ、そんなに褒められてしまうと。いやぁほんと、あんがとうです。どうぞ、お大事にでさぁ」

地元育ちのマーサには、地元訛《なま》りで返事をする。

領主館の外壁は石を積んだ堅固なものだったが、男爵閣下が『ご友人』を伴って再び療養をしに戻ってきてから、さらに堅固なものとなった。

その堅固さを推し測れるのはこの領地内といわず、王国内、もしかしたら地上の内で唯一マルコだけかもしれない。

そもそも闇神が施した術である。同等の神であるマルコだからこそたやすく気づけたのだ。闇神の神官あたりなら、詳しくはわからずとも何かしらピンとくるかもしれない。

ある者は黒色の靄《もや》として、ある者は岩石として、ある者は宝石の粒として、またある者は異形物として――見え、感じたりなどできるかもしれない。

マルコの目からは、黒い霧に乳白色の粒が敷地全面と外壁、その地底に至るまでに広がって見えていた。

（ほうほう）

他人の領地の中にある、領民の家を自分の家だと所有の上書きをしているようなものだ。これは図々しい。地上の神殿の神官たちが知ったならば、軒を貸して母屋を乗っ取る先兵かもしれないと大騒ぎする行為だろう。

「ここは地上だというのに、闇化しようとしている！　侵略だ！」

そんな憶測をして憤慨の声を上げるかもしれない。

（……こんな些細なことで騒ぐっていうの、ほんとさぁ、面倒だからやめてほしいんだよね……）

マルコは農作業が好きである。

これからもずっと農家をしていたい。

都で地底と天上の神殿が建設されようと、神官が置かれようと、信徒が増えようとどうということはない。そんなことでこの地上の箱庭は壊れない。門番たるマルコにはわかっている。

マルコに地上の門番たれと命じた三つ子の太陽の一柱である神は言ったのだ。

『地上で芽吹き育つもの、地上で生きて死ぬもの、この地上でおこなわれる命の循環を見届けよ。この世界で収まる小さな宇宙はすでにして完成されている。生きて食べて増やして死んでいく螺旋《らせん》を永遠に見守れ。それとな、大地の恵みは美味だぞ』

見守るだけの門番に、最後の最後、神は言ったのだ。

大地の恵みは美味だぞ、と。

地上はすでにして完成している世界だ。この大地が続く限り、永遠に続く。そしてこの大地こそが神からの慰め、遊戯、娯楽、食べる楽しみの根源だ。

大地を耕し、大地から恵みを授かってそれを料理して食べ、命を繋いで子を増やし、死んで、生まれる。

マルコが門番として誕生した時点で、そうこの世界は至上にして完全。

何をどういじろうというのか。

(まぁ、大地を穢《けが》してきたら赦《ゆる》さないけどね)

それだけは赦さないが、人族が天上界や地底界に想像を膨らませて夢と希望を抱いて愛好会を作るのは毎度のことである。夢いっぱい元気いっぱいである。

人族がそんな娯楽に興じていられるのも、日々踏んでいる大地からの恵みを得てのことなのだ。神殿関連のことなど、マルコからしたら児戯《じぎ》に等しい。だから薄い笑みで無視していられるものではあるのだ。

「マルコ、旦那様のご友人様から一声かけたいとのことだ。中庭に回ってくれ」

食料庫への運び入れや世間話をしていると、館の執事が顔を見せて言った。

「へぇ、ご友人様に」

「ああ。領地に戻られると旦那様の食欲が回復するのでな。よっぽどここの小麦が体にいいのだろうと」

領地外出身の執事はとくに表情を変えなかったが、地元出身のマーサとマルコは思わずにこっと微笑んだ。

「律儀な御方だよ。怖い方ではないが失礼のないように。お許しがあるまで口を開いてはいけないよ。麦藁帽子はなしだ。両手を拭いて、靴の汚れを払って、早く行っておいで」

「わかりました。それじゃ、マーサさん」

「あいよ、えらく綺麗な方だからひと目でわかるだろうけど、腰抜かすんじゃないよ、マルコさん」

「へぇ、そりゃ、どうも」

ぺこぺこ頭を下げてからマルコは荷馬車まで駆け寄り、連れのふたりに事情を話して、布巾で身綺麗にした。

地上の神として、地底の神がこんにちはしていることと、その外見はとっくに知っているけれど、マルコとしては初対面だ。

中庭の東屋にその『ご友人』はいた。実に雰囲気を持っている人物だった。田舎の農作業に励んでいる素朴な領民たちの目をも惹き、まったく無視できない男であろう。

(派手だろ……)

マルコは初見、そう思った。

黒いケープを着てフードを後ろに落としていた。そこから覗く手と顔は青白く、胸元まで届く長髪は金色で瞳は青。そう、地上の人族に似せて作り上げたことがわかる色と姿形ではあった。

代々続くどこからどう見ても朴訥《ぼくとつ》な農家の中年男の風貌であるマルコは、素人を冷めた目で見た。

(——これだから初心者は、はしゃいで美形に作りすぎる)

三つ子の太陽神からそれぞれの箱庭の門番神として造形された眷属神たちが、人の姿に変化する時、やってしまいがちな失敗である。

ずかずかと近づき、ややぞんざいな立礼をする。外貌は中背の平凡な農夫でしかない。

『ようやく会ってくれたな』

闇神が喋ると同時に、宙を舞っていた木の葉が止まった。この日この時が停止する。

マルコは無言のまま東屋に入り、闇神の向かいに座った。

卓にあった揚げた菓子パンを摘まんで口に入れる。砂糖のじゃりじゃり感がよい。じっと闇神の青い瞳を見上げながら、もぐもぐと食べ進み、勝手に茶も入れて飲み干す。

黒いケープ姿の青白い肌に金色の長髪美貌の男と、そばかすの散った日に焼けた中年のそれなりに裕福な農夫が瀟洒《しょうしゃ》な卓を挟んで向かい合っていた。

『天神がギャーギャーうるさい』

『あ、やはり？　でもそれは私のせいじゃないしな』と、闇神。

『おまえがここにいるからうるさいのだが』

『妻が生きているあいだはここにいる予定だ。それともここの小麦粉を地底まで運ぶべきか』

一瞬耳を通りすぎていったが、妻という言葉が戻ってきた。

『おまえ、結婚していたか？』

『ああ』

マルコ自身も変化した姿で何千回も結婚してきたので不思議なことではなかった。

『改めて言い直す、人族と結婚したのか？』

『人族はケリーとが、はじめてだな』

『領主はまだ三十に満たないと聞いている。この三十年のあいだ闇神のおまえと、人族が結婚したという噂を聞いたことないぞ』

卓の向かいにいる闇神が青い目をゆっくり瞬きした。ひとつの瞬きで百年を振り返るような仕草だった。

『ん？　あ、そうか。今世じゃない。前々世にしたのだ』

人族と闇族の交流が断絶している期間に闇神と人族の結婚などという陸が続くかぎり走りそうな話題をマルコが聞かないのはおかしいと思って問えばこれだ。

前々世にどういう経緯で結婚したのだとも思った。

しかし基本マルコは農作業以外にあまり関心がなかった。

『ようやく花嫁を愛でられる。私にとって人族の嫁ははじめてだからな、ずっとうんと可愛がろうと思っていたのだ。今回こうするまでに時がかかってしまったけれど、前々世から決めていたのだ。我が岩に穿《うが》たれし想いを成就するぞと』

神が魂を見て、この領地の領主を前々世からの嫁だというならそうなのだろう。

人族はマルコの地上に住まう者たちだ。

地上の眷属とも呼べるだろう。

太陽神が定めた地上の箱庭で生活する人形だ。それを一体、闇神が花嫁にした。

天上界、地上界、地底界それぞれの人形同士で結婚することは過去いくらでもあった。神が仮の姿で人形を娶《めと》ることも多々ある。ただ、わざわざ他世界の人形を娶った話ははじめて聞いた。

『領主は闇族と何か違いがあるか？』

『大きな違いがある』

少し考えるように視線を動かしていた闇神が口を開いた。

『それは？』

マルコにしては好奇心が湧いて問うた。

『闇族は私の神としての姿を恐れないが、人族は恐れる。それはもう恐れ入って自失してしまうのだ。私としては過去の闇族に対しての対応とそう変わらないのだが……』

マルコは長く沈黙した。向かいの闇神もちょっと気まずくなったらしい、上目遣いをしてきた。

『地神よ、不快にさせたかな。地底では神と人形はここほど格式ばっていないのだ』

『神が人形を娶る場合は人型でなければ難しいのでは？』

ど正論をぶつけると、闇神はしゅんとした。

『つい、闇族相手のように、して、しまった……』

なんとなくマルコにもわかってきた。人族は六十年あまりしか生きない。それなのにこの領地の若い領主は八年も療養していた。そしてこのたび二度目の療養だ。

そんなの原因はひとつだ。目の前の闇神が暴露した通りなのだろう。

太陽神の眷属たる門番神ほど頑丈ではない、箱庭で生活する土塊ほどに弱い人形に対して大いなる姿で接すれば、しかも日々暮らす食べ物を恵む大地の神でもなく、縁の薄い闇神に、そのままの姿で寵愛されれば、それはちぎれ、狂うというものだ。

『四肢は無事だったのか』

妙に冷静な声が出た。

『………まあ、最初はちょっと治した』

『いまは加減できるようになったのか』

『ああ、だいぶ上手だ』

自信ありげにうなずく。人族に農作業の担い手として以外、さほど関心のないマルコにしてみれば、珍しく、そう数百年ぶりくらいに珍しく若い領主に憐憫《れんびん》が湧いた。

『どうせ領主も短い命だ。そのあいだくらい、人族に合わせておまえが地上におればいい。しかし絶対に、人型を保てよ。元の姿に戻したら地底に叩き落とすからな』

『おお、地神よ！　感謝するぞ。やはりそなたは天神と違って話がわかる』

天神と比べられても困るのだが、行き来できる眷属神は三柱しかいないので比較対象としてそうなってしまうのだろう。

その日はそこで切り上げた。

時間を解放し、領主の『ご友人』への挨拶をつつがなく終えたことにした。

帰る際、マルコはこの領地の領主であり、闇神の前々世からの花嫁である現世男が眠っているだろう二階の窓を見上げた。

（まあ、せいぜい生きているあいだは可愛がられるといい。今世で闇神が満足すれば、次の世でも地上で生まれることができるだろう。ただ、可愛がり足りないならば来世からは地底で花嫁をすることになるだろうよ）

闇神編　地上の花嫁の愛し方

第一話　逃げた花嫁

隣り合う神々の世界の土塊たる人形たちがそれぞれで番うことは知っていた。

素材が近いからかごく稀に子が産まれることがあった。

子供は両親のどちらかの特徴をもって誕生することが多く、その特徴のある世界で暮らすことが向いていると長年の経験から憶測されていた。

その娘は闇族の青年に嫁ぐために地上と地底を繋ぐ交流路を神輿《みこし》にのってやってきた。

闇族は種族的特徴として青白い肌に薄青い瞳、青銀色の髪をもっていた。

闇神が守護している地底の世界の気候は常春で、闇族たちの性格はおっとりとして、闇神を祀ることにそれは熱心だ。

地上から来た人族の娘もまた、その地上の種族の特徴をしていた。白い肌に青い瞳、金色の髪。

闇族よりも太陽を多く浴びているかのような、強い光を身に宿した姿をしていた。

地底世界での結婚は神前結婚だ。

神殿で神官の付き添いのもと、成人男性が両腕で抱えたほどもある巨大な黒曜石に向かって、ふたりが番うことへの神への報告、それをもっての結婚契約をふたりのあいだで結ぶのだ。

その報告を得て、闇神も夫婦を認め、祝福する。

離婚する場合、次からの祝福は得られなくなる。

三つ子の太陽の一柱が創世した地底世界は、石や鉱石からなる製造物が多いことが顕著ではあるが、闇族の食する物やその生涯、営みなどは、三つ子それぞれの世界の土塊たる人形たちとどこも共通している。

土から生まれ土に還《かえ》る運命、それはどの世界で誕生しようとも変わらない。

闇神は地底世界においてどこにいようと自由だった。

顕現するときは人型のこともあれば、初期創造型のこともある。

初期創造型とは、大いなる姿といわれ地底世界を創世した太陽の一柱たる創造神が『これだ』と決めた初期の型である。

そこからさらに創造神がこの世界を離れるまで様々にいじられるが、初期の型というのは思い入れがあるもので、創造神にもっとも愛でられた姿として闇神もその姿であることが多かった。

小山ほどある巨体、岩と宝石が埋められた黒くて硬い皮膚や、触指と呼ばれるたくさんある動かしやすい肢《あし》。あらゆることに目を配ることのできる複視。乾燥にも強い粘液や、何でも溶かして食すことのできる溶液を分泌できる機能。世界を味わえるようにと授けられた知覚、視覚、嗅覚、味覚、聴覚、肌感覚などの六感。

闇族にある食欲、性欲、睡眠欲の三大欲求はそれほど強くない。

『なくてもいいけど、ないのもつまらないだろうから』

と、創造神は闇神の奥底にその欲求を眠らせておいてくれた。

だからずっと闇神は、闇族の繰り返される営みを眺め、地底世界が平穏であるように干渉しながら長い長い時を過ごしていた。

その存在さえ忘れていた。

常春の、流れ続ける時の川のいずれかで。闇族の里へ続く、森の中の川縁で人族のうら若い娘が沐浴後なのか薄着をまといひとり日光浴をしていた。

平らな岩に腰掛け、木漏れ日を見上げて気持ちよさそうに微笑んでいたのだ。


――抱きたい。


最初、闇神はその衝動がだれのものかわからなかった。

創造神が授けてくれていた三大欲求のひとつだということにしばらく気づかなかった。

地底世界において闇神は小山のような巨体を寝かせて、ただ複数ある目を配るだけでどんな小さな砂粒さえ見分けることができた。

だからその地上の人族であろう娘も、たまたま視界に入れた存在にしかすぎなかった。

ただ、視線を通り過ぎさせていくことはなく。その存在の上にとどまった。

白い薄い着物から覗く、白い張りのある肌や、伸びやかな四肢、膨らんでいる胸元、濡れた状態から乾いてきてふわふわと風に揺れはじめた長い金髪、優しい色合いの青い瞳、小さくあどけない唇を、それは熱心に、彼女の周りを何周もしながら眺めた。

彼女は気づかない。

神の視線に気づく者など、特別敏感な闇神神殿の神官くらいなものだ。

娘は、四半鐘刻（十五分）ほどして着替え、やがて呼びに来た年上の人族の女の手に引かれて里に帰っていった。

闇神はその里に一番近い神殿の神官に神託を下ろした。

――もっとも近い里にいる人族の娘について調べて、速やかに報告せよ。

午睡のためか寝所にいた老神官は跳ね起きて「神よ！」と絶叫するや、布団を蹴散らして飛び出していった。

娘は、里の青年に嫁ぐために六日前に地上から神輿にのってやってきた花嫁だという。すでに神殿には神前結婚の申請が届けられており、十日後のもっとも夜中の星々が輝く大河の時刻に式を挙げる予定だということだった。

闇族の結婚式は真夜中であることが通常だった。

闇神の初期創造型の黒い肌に様々な宝石が埋められている姿、それが夜空の星々のようであったため、闇族たちはそれを尊んだ。

星の輝く夜中こそが神の時刻。至上の時だと。

十日のあいだ、闇族は娘を観賞し続けた。見れば見るほど心をくすぐられ、奥底の衝動が強くなってくる。それが面白くてたまらなかった。

あの弾けるような白い肌に触ってみたかった。いろんなことを感じることのできる触指を這わせ、薄物を乱し、肌に粘液を塗りつけ伸ばしてみたかった。

(この娘が花嫁か)

闇族の、ただの土塊の男の花嫁。

だったら自分の物にしてよい、という判断はいとも簡単なことだった。

結婚式を挙げる夜までは、日中に立ち会い人がいる元で新郎と新婦となる予定のふたりは、数回会話を交わすだけ、触れ合わないというのは習慣だという。

(この娘は私の花嫁だ)

花婿予定の闇族の男を手本に、闇神は人型を作った。

ただ、創造神が直接作り、愛でた地底世界の門番神が力を振るうのだ、ただの容貌になりようがなかった。

非常に整った顔貌に、滑らかな青白い肌。深淵を漂わせる薄青い瞳、青銀色の髪は腰まで届いて長く、毛先がくねった。

闇族の平均よりぐっと背は高く、均整の取れた肢体だった。

衣装は見慣れた黒地に白い縁取りのある神官服を背丈に合わせてまとう。

神々しいまでに美しい闇族の青年姿となった。

仮の姿として闇族の人型になったことは数回あったはずだ。だが、長いこと地底世界を眺めることしかしてこなかったことも事実で、お気に入りの初期創造型から違う型になったのは何百年かぶりだった。

なんなら神官に神託を下したのもそれくらい久しかったのだが、闇神は自覚していなかった。

そして神の時刻。至上の時。

闇の中から娘の寝室に出現した闇神は、娘の寝台に忍び込んだ。

気配で目覚めた娘の口を塞いで、耳元で囁いた。

「私こそそなたの本当の夫となる男だ。いまは至上の時。番うことにしよう」

夜目のきかない娘は身動きしてばたばたしていたが、闇神が囁くと静かになった。青い目を極限まで見開いていた。

闇神は人族の娘を花嫁として神の時に、神自身の手によって番った。

目覚めた欲求のままに娘を大事に抱いた。望んだように触指を這わすことは人型ではできなかったが、その代わりに人型の男がそうするように精を放った。

娘は口が自由になると、人族の言語でわーわー喋っていた。この時には寝室の中の音が漏れないように結界を張っておいた。

「どなたです」

「いけません」

「だれか」

闇神はその言語を聞き取り、地上の言語を思い出しながら、娘を愛でた。

「私は……様の花嫁です」

「いいや、そなたは私の花嫁だ。これからの長い時、私のそばにおればよい」

娘に自分の顔を見せておこうと、眩しくないようにほんのり明るい手の平にのせられるくらいの岩石を創造して、枕元に転がした。

裸の娘が首をめぐらし、闇神の人型を見上げた。

赤く濡れていた目が、茫然とした色を浮かべた。

「私はこの世の神だ。闇族の挙式など忘れてよい。そなたはもう我が花嫁なのだ。何も心配することはない。明日、日が頂点になるころ、神殿から人をやる。

そなたが生きているあいだずっとこの姿でおるゆえこの顔を覚えておけ。ふたりで暮らす住処はこれから用意しておく。では昼に。少し寝ておけ」

浮かれていた闇神は、娘が安心できそうなことを思いつくままに口早に喋った。

娘は茫然とした表情のままだった。

その白い顔にかかった柔らかい金髪をよけてやり、白い肌についた情事の痕をさっと眺めたあと、闇神は寝台から下りた。

「………神よ……。あなた様は神なのですね……」

か細い声に振り返り、笑みを浮かべて答える。

「そうだ」

「……畏れ多いことで、ございます……」

「畏れることはない」

愛でてやるぞと、奥底から情が湧いた。楽しくなってふふ、と声を漏らした。闇神は迎える準備を神官たちにさせようと来たときと同じように闇の中に消えた。


娘の元を離れ、闇神は里に一番近い神殿の老神官を再び叩き起こした。

——先日調べさせた娘は我が花嫁である。今日の日が頂点の時に神殿から迎いをやれ。我が花嫁を神殿に迎え入れておくように。


「か、神よ、誠でございますか!?」

寝ていた老神官は布団を蹴飛ばして起床し、天井に向かって叫んだ。

「た、大変だ！　皆、起きてくれ、また神託が！」

寝間着姿のまま老神官は寝所を抜けて廊下を走っていった。

その喧噪を見届けて、闇神はさきほどの一夜の至福を反芻するために視覚を引っ込めた。短くも、幸せな眠りを味わった。

視覚を働かせると、何もかもが終わっていた。

娘は朝になる前に出奔《しゅっぽん》した。

置手紙には、

『神に愛でられ、神の花嫁として選ばれたため、この家の嫁にはなれなくなった。それでは家同士の契約に反するが、どうしようもなかった。

神は尊いお姿をしており、慈しむお言葉を与えてくださったが、地上の者である私が得ていいものではないと畏れている。

やはり、地上は地上、地底は地底で、身の丈の合う相手と暮らすべきなのだと感じた。この家に何の不満もなかったが、嫁にもなれず、かといって神の花嫁も畏れ多いばかりであるので、地上に帰ることにした。許してほしい』

乱れた地底世界の文字で走り書きされていた。

娘と一緒に地底世界に来ていた、娘の家の用心棒兼使用人と侍女の姿もなかった。

朝になって気づいた闇族の里の家は大騒ぎとなり、追いかけるための馬を用意しようとしたら、馬がないことに気づいてそれでまた混乱し、他家から馬を借りて花婿予定の青年と家人を追手として送り出したころ、今度は昼になって神殿から仰々しい神官たちの一行が到着して、その騒ぎはさらに増した。

そのころ、地上と地底の交流は盛んで、洞窟の交通路は大きく、広く、円滑に行き来できるように、門も柵もなかった。

身分証と通行許可証である『通行札』さえ門衛に示せば、日の出から日の入りまで利用できた。

娘は、闇神の見初めた人族の花嫁は畏れ慄いて逃げたのだ。

闇神は、自分でも自覚ないままに深く失望した。それは誕生以来はじめてとなるほどの深さがあり心に傷跡を残した。

創造神がそうあれと創った以降はじめての変化であった。

第二話　花嫁の捕らえ方

花嫁が畏れて逃げたと知ってから闇神は視覚と聴覚を切って、じっとしていた。

神官たちに「追え」とも「放っておけ」ともその後のことを指示することなく、ただ深い失望を抱いてうずくまっていた。これほど深い傷を抱いたのははじめてのことで、どうしていいかわからなかったのだ。

神をも『時は癒し』である。闇神はふと顔を上げた。

まず聴覚を戻して音を拾った。地底世界は平穏のままだった。

門番神としての務めは肌感覚で把握していたため、世界の崩壊の兆しなどないことはわかっていた。

次に視覚も動かした。そっと花嫁の嫁ぐ予定だった里を覗く。近づくことはなく、里全体をただ遠方から眺めた分では、変化ない。

そうしてから、どんどん複視を利用して世界各地を確認していく。

（おや、洞窟の出入りがほとんどないな……？）

目も耳も閉じてしまうまえまで、闇族と人族の交流はそこそこあったものだ。それこそ結婚をするくらいにはあった。

そこまで思考が進むと、薄物に透ける白い肌が脳裏に浮かんだ。

その肢体の持ち主である人族の魂を思い出す。

魅力的だった人族の、あの姿形はあくまで土塊の器でしかない。

神の目で見れば、器の中の命と結びつく魂までも見通せた。

数ある命がその個性をまとうのは、たったひとつの魂が個別にあるためだ。

常春の世界において、明るい金の髪の色、澄んだ瞳の娘だった。土塊の人形同士が結婚をする年頃は、人形たちにとって子を作りやすくお互いが魅力的な年頃だ。

娘の人生において輝くひと時だったのだろう。

神が目をとめるほどに眩しかった。

ああ、愛しの娘。我が花嫁。

これまで闇族から献上された形だけの花嫁たちと、なんという違いだろう。

奥底にある欲求を動かされるほどの娘だと、こうもこちらの求める気持ちが違ってくるのか。

(どれほど時が経った……？　しまった。人族もそれほど寿命が長くないはずだ。娘はいまどうしているか)

小山ほどある初期創造型をよく寝かせている寝所から最寄りの王都大神殿の神官に尋ねることにした。

――久しいな。我が花嫁が地上に逃げてから何年になる？

日中だったせいか、中年の神官は神殿の祭壇前にいたらしく、

「はぎゃ!?　か、かかかっか、神よぉ！」

そう絶叫するや泡を吹いて倒れた。

「大神官様！」

「もしやご神託が」

「医師を呼べえええぇ」

大騒ぎになった。


——起きろ。寝ている暇はないぞ。疾《と》く疾《と》く調べて報告せよ。


仰向けで石の床に寝かせられ、口元を拭いてもらっていた大神官はかっと目を開いた。そばにいた神官たちはのけぞった。

「も、申し訳ございませぬ！　御柱様がお迎えにいくようご命令された件から二百余年経過してございます！」

闇神が神託を神官に下ろすと詳細がかならず記録されているため、大神官は記憶していた。

闇神は大神官の言葉を聞いて娘の魂を地底世界でひと探りして、いないことを確認した。

（人族の寿命は百年ないという。我が花嫁の魂は、地上で転生しているのだろうな。人族の生まれ

だったのだ。仕方がない）

万が一、闇神の寵を得たことで地底世界で生まれてくれていたら見つけられたはずだ。

「当時の大神殿が使節を送り、地上へ戻られた花嫁を迎えようと国に働きかけた記録が残ってございます。

ここにかしこみて、ご報告申し上げます。

御柱様の花嫁は、地上に戻ったのち消息不明となったとのことでございます。大神殿は地上の者たちが花嫁を隠したと抗議いたしました。

どうしても花嫁の行方はわからないとのことで、妥協案として人族の新しい花嫁候補を地底に送るという案が挙がりました。

大神殿が御柱様に受け入れるかどうかお尋ねすること数十度。お返事なく。大神殿により、御柱様は不許可であると判断いたし、妥協案は決裂。

あくまで花嫁は行方不明としか言わず、詳細を述べない、誠意のある対応をしない地上世界に不審が募りました。以後、地上世界と地底世界は疎遠となり、交通路となっておりましたいくつかの洞窟の中央に壁が出現して断絶しております」

大神官は目を覚ますと、這いずるようにして祭壇に向かい、若い神官に支えられるようにして膝立ちして言上した。

ああ、と闇神は心の内で息を吐いた。

耳目を閉じた結果、洞窟に壁を生じさせたのは闇神のせいだ。

うずくまり、外界を拒否した結果、地底世界に影響が出たのだ。心象風景が現実として出現してしまうのだ。

——報告ご苦労。妥協案は断ってよし。今後も皆、つつがなく暮らせ。

最後にそれだけ伝え、大神官との念話を切った。


実状を知った闇神はひとつひとつの洞窟を視覚で探った。

闇神の本体が鎮座している場所に近い洞窟であるほど通路は塞がれ、遠方であればまだ交通可能であった。しかしそこもじわじわと土石が増している。

(私は目覚めたぞ。もうよい。開けよ)

そう意識して念じるが、洞窟は常春の世界を他から閉じていく。

闇神は思い立ち、日が落ちてから、かつて娘に披露した人型となっていまだ交通可能な洞窟に出現した。衣装は神官服のままだ。門衛の立つ出入口でなかったため、誰何《すいか》されずにすんだ。

(私が意識して開けと命じてもこれら交通路が閉じていくのは、私の深層の意識が納得していないのだな……)

花嫁の逃走。それすなわち、花嫁からの拒絶である。

深く深く傷つき、その状態が長く続いて岩に刻まれていくようだった。

（人族の娘はもう死んだ。地底世界にあの魂は転生しない。あれは私の花嫁だ。どうしたら会える？　どうしたら花嫁を愛でることができる？　どうしたら逃げ出す娘を捕まえることができる？）

まず、見つけることが肝心だ、と闇神は思った。

暗い洞窟路を地上に向かって歩いていく。

この交通路を利用する者たちは各自明かりを持参する。しかし闇神には必要がない。足下にある大きな石は、自ら御前を下がっていく。

地上世界に近づいていくごとに、知覚がざわめく。空気が違う。どこか湿り気がある。匂いも違う。常春で収穫できる野菜も決まっている地底とは別種の、地上世界ならではの野菜や植物が植生しているようだ。

ぽっかり空いた半楕円の出入口が見えた。

闇神はその位置で足を止める。完全に地上世界に踏み出すことはせずに、ただ、感覚を伸ばす。遠く遠く。

だれより大きい地神の存在、目まぐるしい四季の中で生きる人族たち。天神の仮の姿の残滓《ざんし》もあった。

娘の魂を探す。探って得たものは、闇神に膝をつかせた。

（……ああ、もう二度死んでいるのか……）

花嫁と定めた娘の器の命が消えたこと。

次に転生した器の命がすでに消えたこと。

現在は転生していないこと。

(……捕まえる存在がいないのであれば、地神と交渉する意味もないな)

この手で握ってしまえば、花嫁を地底世界に招くことも、どうしても花嫁が故郷がいいと言うのなら地上世界でともに暮らす期間だけの滞在を地神に交渉することもできた。

だがそれも、花嫁をこの手でしっかり迎えてからの話だ。

(……ああ、でもまずいな。あの娘の魂と再会できるまで、我が心は閉じてしまう)

心が動いた原因が花嫁であるならば、閉じゆく衝動を止めることができるのも花嫁だ。


――地上近くの石に命じよう。我が花嫁の魂を地底へ招くように――


土、砂、石、岩。地底世界と親和性のある鉱石たちに命じる。不変の時を経ていく鉱物たちに。

(通路が完全に閉じるまえに、神官を地上へ送ろう。人族が我が花嫁を地底に返さなかったのは、発言力がなかったせいもあろう)

ちりっと怒りの水面が泡立った。

地上世界では地神の権威が高いのだ。闇神の花嫁をどうしても返却する必要を感じなかったのだろう。そんな愚行を、次はさせない。そう決意して怒りの沸騰を防ぐ。

地神がどこまで闇神の策謀を許すかわからないが、闇神が記憶している地神ならば農作物に関すること以外には関心がないはずだ。

膝をついたまま闇神は触れている地面に溶けるようにして一瞬で消えた。

地底に戻り、渦巻く思いを世界に広げていく。

(行け、行け、行け、神官たち。人族の中に我がことを浸透させ信奉者を増やせ。いずれまた生まれたる我が花嫁のため。地神の影響を少しでも損なわせ、我が存在を示しておけ。次こそ我が花嫁はこの掌中《しょうちゅう》ぞ)

この日、この夜、地底世界の鉱石たちはどの一欠片も残さず、声なき声で囁き合った。

常春の広葉樹林をはじめとした草木も風もなく揺れた。

夜にある世界の街角や里の中で、かすかな気配、かすかな震動に気づいた闇族たちがはっとして左右を見やり、家屋を飛び出して星空を見上げた。

そしてねじれるような巨大ないくつもの神託が、神官たちを襲った。世界各地の神殿で起こった魂消《たまげ》るほどの叫び声が、最終的にこの夜を引き裂いた。

第三話　人型の作り方

気の遠くなるような時を経て、地上と地底とを繋ぐ道で再会した花嫁が、ちょっと目を離した隙に地上に戻ってしまった。

再会を何度繰り返し夢見たことか。

どう捕まえよう、どう愛でよう、どう閉じ込めよう。

空想すれば人族の娘の姿は実在するように闇神のまえに出現するが、その器に魂はない。魂のない人形に命は宿らない。そんな人形を嬲れば、ただの人形遊びでしかない。

闇神の深いところにまで傷を刻んだ娘がそんな軽い存在のはずがなかった。

そう戒め、次の転生の時こそ花嫁を我が手にと決意を新たにしていたというのに——

(あの時、私はどうかしていたのだな。あまりにも夢中だった)

気が逸り、人型をとることさえ失念していた。新しい器に楔を打ち込むことだけが頭を占めていた。景気よく、願いを叶えようとまで言った。花嫁は地上での安寧を願った。そうであったのに、行為が一旦すむと、この地底のどこで暮らさせようか、どこの住処に花嫁を連れ込むかと算段して目を離してしまったのだ。

願いを口にさせながら、それをなおざりに考えていたのだとあとから気づいた。

だから今回もぶざまに逃げられたのだ。

だとしたら逃げる花嫁を追いながら、その花嫁が望んだ願いを今度こそ叶えよう。

闇神は謙虚な気持ちでそう誓った。

我が神、三つ子の太陽神の一柱であり、地底世界と闇神を創造した創造神に誓った。

【晩秋　ラードリュー王国東北地方　地上世界】

地上に眷属を出して今世の花嫁を探させようとしたら天神が使徒を使って邪魔をしてきた。ごたごたしているうちに、地上にいる闇神の神官や信者たちが駆けつけてきた。

数百年前、地上世界に送った闇神神殿の神官たちはすでに死んでいる。

彼らが教え導いた人族たちの系譜が、現在の地上世界の闇神神殿の神官になっている。

闇神神殿の神官たちは、天神の信徒が交じって動かした王国軍と闇神が出現させた眷属たちと交戦している場から、三百歩ほど離れた場所にある山陰に祭壇を築いた。

「我らが神よ。聞き給《たま》え聞き給え。あなた様のしもべがここにおります」

地底世界の言語で祝詞を繰り返す。

三つの太陽神がそれぞれ創造した世界の言語は共通点が多い。それぞれの世界で独自の発展はしているが、大意はつかめる。

闇神ともなると、人形たちの拙い台詞も、聴覚が言語を修正して拾うので人族の祝詞も問題なく聞こえた。

本体は地底世界にあるが、感覚を地上世界の地表すれすれに置いてある。

闇神は神官たちに話しかけた。


——しもべたちよ、よく聞け。

私は地上で探したい人物がいる。

探すために眷属たちを放ちはしたが、それを天神が邪魔をしてくる、ゆえに私が直接地上に行くつもりだ。眷属たちでは埒《らち》が明かない。

こちらにこの国の王の『親書』がある。この国に限って、私も地上に出やすいであろう。


その小さな祭壇前の人族全員に神託を下ろしたので、両膝をついていた全員がのけぞった。

「おお⁉　神よ！」

「まことに⁉」

「ああっ、まさか」

晩秋の衰えた日差しも届かない山陰で、複数の神官たちが錯乱したように叫んだ。両手で頭を抱え、地に伏す者もいる。

半鐘刻（三十分）以上かかって、ようやく神官たちがまともに喋れるようになった。両肩で息をしている者もいる。ほとんどの者たちは目を血走らせていた。

「どうぞ、お探しの人物のことをお教えくださいい。我らあなた様のしもべが代わりに探して参ります」

脳裏に浮かべるのは軽鎧を身に着けた金髪碧眼の青年。

前々世を経てようやく再会できた花嫁。

我が掌中から逃げた最愛の娘。

失望を心の岩石にだれより深く刻んだ存在。〈けりィ〉

――その者の魂は、我が花嫁である。今世は男として転生していたようだ。


ゆっくり特徴を語り、地上の闇神神殿の神官、闇神信徒たちを王国に走らせ、結果を待つあいだ眷属たちも変わらず出し続けた。天神の信徒が鬱陶しいがためだ。

闇神信徒たちからは、

「我々がおりますれば、天神の思惑の入った王国軍などもう相手をしてやる価値もないのではございませんでしょうか」

など提案も受けたものの、本来の目的の花嫁探しの邪魔をしてほしくないので、攪乱《かくらん》として眷属たちは出し続け、天神の相手は続けることにしていた。

なんといっても人族は天神のしつこさを知らない。

天神は自分が門番をする天上世界が退屈で退屈でたまらないので地上や地底に降りてきたがる。

ここ数百年、闇神が引きこもっていたため天神が降臨できたのは地上世界だけだったろう。

(もしかしてこの嫌がらせも、私が降臨を許さなかったからか？　だが、降臨して私のそばに来れば何を落ち込んでいるのだとうるさいだろうからな。相手をしてやる気になどなれようもなかった。仕方なし)

だからその分もいまこうやって地上で相手してやればいい。

そこまでの事情はわからないものの、闇神の信徒たちは闇神が決断したことなのでそれ以上は言ってこなかった。


今世の花嫁の出身や身分がわかった。

花嫁はこの『ラードリュー王国』の『ロアンシュール侯爵ラルスランス家三男』で『二十歳』の『アンシュリー男爵ケリー』という名の男で『近衛騎士』をしていることがわかった。

あの洞窟にやってきたのは『親書』を綴ったラードリュー王国国王の勅命だったという。

(石が誘導したか)

深々と満足が沁み入ってくる。

長い時はかかったが、地上世界の花嫁は闇神の元に還るべく、新しい時を刻みだしたのだ。

こうとなれば、闇神ももうじっとはしていられない。

もう待てない。待つ必要もない。

地底世界にある本体をもぞりと動かす。

小山のような初期創造型の本体は、ラードリュー王国東北部の洞窟と繋がる出入口前にいる。いつもの本体の半分ほど小さくして、意識の多くを地上へ移していた。

存在そのものを、門番を命じられた地底世界から離すことはできないが、感覚を誑わしたり、眷属を突っ込ませたり、仮の姿を違う世界に飛ばすことはできる。ましてや同じ三つ子の太陽神たちが創世した世界ならずっと動かしやすい。

（けりィ、ケリィ、ケリー。軽やかで口にしやすい名前だ。……やけに王家や国にこだわり、騎士らしくあらんとしていたが、それが今世の我が花嫁の願いとあらば）

その男を迎えに行くには、ケリーがこの国の王家に仕える近衛騎士であることから王都の王家に行くのが近道と判断した。

数日して花嫁であるケリーの続報が届いた。

日々、日中は王国東北地方の原っぱで眷属たちが国王軍と天神の使徒と遊んで、どたんばたんしている。士はえぐれ、馬は倒れ、矢が尽き、槍が折れ、その補充が運ばれている。

ケリーは療養のため南部にある男爵領地に去ったとのことだった。

闇神神殿の神官たちがケリーの実家にケリーを神殿に引き取ろうと申し出たが、地神神殿の神官たちが何を思ったのか邪魔をしてきたという。闇神神殿の神官曰《いわ》く、

「王都には三柱の神殿がそろっておりますれば、自ずと自分が信じる神こそがより尊き存在であり、偉大であると神官どもは角を突き合わせてしまいがちでございます」

とのこと。やはり地上世界は地神の支配する世界。直接自分が動かねば望みは決着しないのだという思いを強くした。

王国の地図を把握していない闇神は、感覚を『親書』を送ってきた国王が統制する全土に薄く広げた。

国王がいる位置が王都。

花嫁がいる位置が南部だろう。


――療養というと、ケリーは病気なのか。


問うと、人族の神官は恐縮した様子で喋った。

「噂をかき集めましたところ、勅命で赴いた『闇の祠』で地底世界の怪異と接触して、精神を病んでしまったとのことです。日中も起き上がれず、食べ物も口を通らないとか。詳細は不明ですが、漏れ聞こえるところでは以上です」

他の神官たちも沈黙している。


――さようか。人族は食べねば飢えるらしいな。心配なことだ。

そう返すと、神官たちは口々に同意した。

「我々、闇神神殿でお力になれることはないか、侯爵家に申し入れしているところでございます」

闇神は薄っすら、自分が失敗したらしいと悟った。

ついに待ちに待った花嫁がおびき出されるようにして地底世界に近づいてきたのに気づき、今世で初対面だというのに夢中になって寵愛してしまったからだ。

しかも初期創造型でだ。

前々世ではちゃんと人型になって娘を愛でたというのに、今世の花嫁との再会に力加減を間違えた。しかし居場所ははっきりした。

朝から眷属たちと王国軍がじゃれている剣戟の音が響く戦場の近場で、闇神は闇族の人型となって地上世界の土を踏んだ。

黒地に白い縁取りのある神官服姿だ。青い白い肌に、薄青い瞳をしている。青銀色の髪は腰まであった。

恐ろしく整った顔の闇族の青年が祭壇前に出現して、人族の神官や信徒たちは数歩後ずさり、はっとして膝をついて頭を下げた。

どうしても目を離せない者や、膝から崩れて倒れた者もいた。

「皆、ご苦労。ケリーの情報がそろってきた。私は今世の花嫁をどうしても手に入れたい。このまま南部まで飛んで攫うのはたやすいが、私はケリーの願いを叶えると約束してしまった。それが長いあいだ花嫁を放置した償いであり、これから我が花嫁として生きる対価でもある。どう叶えるか、この王国を知る者たちよ知恵を貸せ」

そう命じた。

その場にいた十数人の神官と信徒たちは、しばし美声に耳をやられ、朝日の中に立つ黒く青白い姿に魅了されていたが、次の瞬間、ひれ伏して誓った。

「ははぁ！」

「我が神の命じるままに」

「仰せの通りに……！」

闇神は用意された馬車に乗り、まずは東北地方にある、とある小さな屋敷に移った。

祭壇も分解されて同じように運ばれ、戦場近くの山陰のその場所には踏み荒らされた跡しか残らなかった。


屋敷の主賓《しゅひん》となってから闇神の前にひとりの人物があらわれ伺候《しこう》した。

エイジャ商店の商店長エイジャムだと名乗った。

王都で五本の指に入る大商店の商店長だという四十代後半の髭のある男だった。

エイジャムは、安楽椅子に座る闇神をひと目見て自分のすべてを捧げることを決意したような目をした。

「あなた様こそ、私が探し求め、お仕えしたく願っていた主人です」

姿形こそ人族だったが、器の中に闇族を感じた。かつて地上に送った神官たちの末裔《まつえい》なのだろう。だとしたらその血から闇神を信仰したくなるのはわかることであった。

「仕えることを許そう。私の地上での目的を他の者に教えてもらい、知恵と具体的な案を出せ」

「ははぁ！　ありがたき幸せ」

闇神が神官や信徒たちに望む案は以下のものとなる。

貴族社会に属する近衛騎士でもあるケリーを、地上世界で手に入れること。

この国の政治をまっとうにして安寧に導くこと。

闇神を我が神、我が主人とする信者たちは喧々囂々《けんけんごうごう》の末、いくつもの案を奏上してきた。

待っているあいだも闇神は王国軍を、正確には天神の信徒を通じて天神自身を相手に、戦場で戦って暇をつぶしていた。

「我が神。何かお口にされますか」

「私に食物は必要ない」

「恐れ入ります。それは食べられない、ということでしょうか」

恐る恐る尋ねてきたのはエイジャムだ。

「食べることも飲むこともできる。ただ、特別欲しいわけでもない。何も口にしなくともこの人型を維持できる。私が食べねば計画に支障が出るか？」

エイジャムが物言いたげだったので先回りして問う。

「ははぁ、恐れ入ります。我が神がこの国の王に近づいた場合、お茶や食事に付き合う機会もあるかと存じます。ですので」

「わかった。では食べるとしよう」

そう闇神が譲歩すると、その室内にいた者たち全員が頭を垂れた。

事前に飲食の予行練習ができたことはよかったのだろう。

闇神は給仕された硝子杯ごと酒を飲み込んだ。

中身だけ！　と言われて、どの酒も水も香茶も熱いも冷たいも関係なく、いっさいの躊躇なく一気飲みした。

結果、飲料は数度に分けて飲む、ということが決めごとになった。

料理のほうも同じ過程をこなし、こちらはカトラリーを使い数度に分けて食べることが決めごとになった。

『国王の側近案』を奏上した者たちは、闇神の人族らしい振る舞いが予想以上に稚拙であることを目前にしてずっと青ざめていた。

＊

下準備を進めていくうちに二年が経過した。時は風のように過ぎ通っていく。ただ、門番神たる闇神の時間に対する感覚は雄大であり二年はほんのひと瞬きでしかなく、花嫁を捕らえる手法に手間取っているとは感じていなかった。

神といえど花嫁が逃走してから数百年経過したことに対しては『長い』とは感じていた。それはそのことに失望し、傷ついた分だけ時を重く感じたからだった。

地上に仮の姿を出現させてからは、他から見れば鷹揚かつ揺るぎなく構えて見えていた。

「我が神よ、国王に近づくのはそのお姿でよろしいでしょうか」

「何か問題があるか」

「現在、地上で闇族は大変珍しいです。その中でも御身は見る者の心を奪う美しさです」

「もっとはっきり申せ」

「ははっ。闇族のままですと、いらぬ警戒をもたれると考えます」

「なんだそんなことか。では人族に変えよう」

「恐縮でございます」

人族の特徴は肌の色、髪の色、瞳の色が闇族と違う。

まずは闇族の青年の人型の色を単純に変えた。

安楽椅子に腰掛けている黒地に白い縁取りのある神官服に、白肌の金髪碧眼の美青年が出現した。

居間に集っていた信者たちからどよめきの声が上がる。

「神よ、お美しい……！」

「人族のお姿もまた神々しい」

「いま、鏡をお持ちします！」

闇神が簡単だったなと、運ばれてきた鏡で全身を確認していると、端のほうにいた若い信者がぶつぶつと言った。

「こ、このような美貌の主が我が国でいままで噂にならなかったことを怪しまれるのではないでしょうか。人族としての経歴を捏造《ねつぞう》するにしても、もっとこう、人族らしいくらいにまでお美しさを隠さねば、我が神の本来の目的を達せられないのでは、ないでしょうか」

「そこな発言者、もっと前に出てきて言え」

「ひぃ！　お許しを！」

両脇を捕らえられて、若者が引きずり出されてきた。

「私はそなたたちに具体的な案を出せと命じた。それが的外れであっても責めはせぬ、やってみなければわからぬこともあろう。我が花嫁を捕らえ、幸せにするためにはどのようなこともやってみせる所存ぞ」

一度、神のままの暴力で圧し潰し傷つけた存在だ。

次に再会するならば、おびえさせず友好的に近づき、優しく懐柔していきたい――そんな希望も闇神にはあり、かなり人族たちの意見を取り上げて採用していた。

やはり人族の気持ちや状況がわかるのは人族だろう、と。

闇神はその後、丸一年かけて外見を微調整した。話し方さえ温和な印象を与えるものを模索した。人族の心をあまりに奪う美貌の威力を落としていくことに手間取った。

髪を短くしてうなじが露出すると、鼻血を噴いて倒れる者や、食事を忘れてしまう者が続出した。

他国の貴族という経歴に合わせて衣装も変えた。

信者たちの貢ぎ物をあれこれと着替え、やはり黒が似合うということになった。

華美な装飾は美貌が際立ってしまうため却下。

簡素であっても際立ってしまうが、華やかさがないだけまだまし、と試作された衣装がひとつの部屋を占領した。

「ああ、どの服も似合ってしまって迷う」

「どうして魅力を抑えなくてはいけないのか」

「ああ、もどかしい……！」

「せめて素材は最高級の品で」

衣装調達者がよくわめいていた。

最終的に丈の長い黒色のケープをまとうことで、闇神の美貌とドレスシャツ等との相乗効果を隠し、ケリーの前でだけはケープ姿を少なくして接していく方針となった。


闇神の仮の姿の来歴については最初、神官身分を推す者がいたが、次々と反対された。

「闇神神殿の神官というご身分でございますと、隠そうとしてもあっという間に大神官に昇りつめてしまうのではないでしょうか」

「我が神の第一の目的が花嫁と親しくなって心を得ることであらば、神官という地位は邪魔ではないでしょうか」

信者たちの議論を特等席で傾聴していた闇神は問うた。

「なぜ、邪魔なのだ」

先ほど意見を口にしていた同じ者が頭を下げてから続けた。

「王国内では同性同士の結婚はまず見られません。同性同士で愛し合う者たちは隠れて結びつきます。神官身分ではさらに同性同士の禁忌が強くございます」

他の者たちも続いた。

「……その同性同士に関係しますが、貴族階級ですと同性に関しましても都合のよい風習がございます」

「ケリー様が貴族階級におられるので、同じ階級であるほうが親交を結びやすいと存じます」

闇神の力でさっさと攫うのであればどんな職業や身分も関係ないが、人族の貴族階級に属する青年とまずは昵懇となるのなら、同じ階級がよいと勧められた。

その後も議論は続き、闇神の神話に詳しい他国出身の貴族――くらいが一番怪しまれないという結論が出た。

「神官であらねばならぬ理由もない。貴族という身分でいこう」

そう闇神が裁可した。

名前についてもいろんな案が出た。出身国の設定とした国の名をいじったり、美麗な名前が列挙され読み上げられたりもした。なじみのない地名や人名に、闇神は目を閉じて聞き入った。

（この名前でケリーが私を呼ぶのか）

だとしたら地上世界のものでは面白くない。

もっと自分の何かであってほしい。

それでいて地上で呼ばれても違和感が少ないものがいい。思案を一周して告げた。

「ラドネイド、という名にしよう」

信者たちがはっとして黙った。

「地上ではラドイィーヤという、第一歩という意味だ。地底では創世期にまず地均《じなら》しをされた太陽神が申された『ひとまずこれで』というような意味を、第一段階とも解釈して、ラドネイドと呼ぶ。私はラドネイド。地上世界で第一歩を踏もう」

もはや他に案を献上する者はいなかった。

第四話　花嫁の願いを叶える

信者たちが用意した屋敷が王都に準備できたとのことで、東北地方から引っ越すことになった。

「ラドネイド様、こちらです」

七日間の旅をして王都の郊外にある広々とした白い屋敷を見上げた。

こうしている日中も、東北の戦場は維持し続けている。

王都で確固たる地位を築くまでは天神の気を引いておくほうがいいだろう。戦いは五分五分の勝敗となっており、勝ち過ぎても負け過ぎてもいない状態ですでに三年が経過している。

（『親書』は予想以上に役に立ったな）

『親書』は、闇神を地上の、この国土限定とはいえ力を振るいやすいようにする楔となった。楔とは誓いに等しい。


王都の拠点で腰を落ち着けた闇神はケリーのいる男爵領に人をやって病状を探らせる一方、他の計画を進めた。

ケリーが快復して王都に帰還してきた場合に自然と近づけるよう、この国の貴族社会に入っておくことがよいだろう、という案を採用し信者たちの貴族の伝手を使って、ラドネイドという名前と存在をじわじわと広げていく。

闇神の姿を見せ、接しさえすれば魅了することはたやすいとはいえ、急速に広めればそれを不可解に思う人物も多くなる。

最低でも二年はかけて人脈を繋ぐことにした。


ラドネイドを貴族社会で話題の人にする一方、この王国の国政をどう正すか。

それはずばり、既得権益をもつがゆえに、それを侵害させまいとより公平な政策を邪魔する者を排除していくことが手っ取り早い方法であった。

それに該当する人物の一覧を信者たちに作成させる。

排除という荒っぽくも簡単な方法は、だれでも思いつくことだが実行できる者は少ないだろう。なぜなら対象となる者たちは権力者や財力を持つ者が多いからだ。その力で抵抗してくる。

しかし闇神にとっては、なんの妨げにもならない。

数年かけて貴族社会での知人が増え、貴族同士の集まりに呼ばれだすと、排除者一覧に名を記された人物とすれ違うことができるようになった。

とある夜会や、舞踏会、茶会、会食、国の中枢である王城で。

時に、すれ違いざまに不運に遭うよう息を吹きかけ、時に黒い瞳で見つめた。

何もなければけつまずくこともない場所でけつまずくだけ。

何もなければ誤飲することもなく酒を楽しめるだけ。

何もなければ病が悪化せず休暇を過ごせるだけ。

直接的に命を奪うわけではない。

手を血に染めず、魂をそっと撫でるだけの人物をだれが犯人だと捕まえられるだろう。

貴族社会をはじめとする王国を運営する支配者層は、黒い異物に無意識で気づきおびえながらも為す術がなく、静かに掃除されていった。

闇神にとっては国家を人の手の入った森だとするならば、自分がしたことは日当たりがよくなり風通しをよくした伐採だった。

花嫁の願いを叶えるための労を惜しまぬ労働である。


自国の政策健全化を進める一方、他の国と比べ、この国の通商条約を交わしている国の数が少ないことを指摘した信者の発言により、まずは民間のあいだで商売のやり取りが頻繁になるよう働きかける案も採用した。

お互い利益になる商品があるのであれば通商条約も提案しやすいだろう。

そんなことを王都でしているうちに地上世界に出現して六年目。

ついに闇神は国王との私的な謁見に召喚された。

他国の出身者ながら『卓越した知見を持つ人物』として推薦され、国王の興味を引いたのだ。

風通しのよくなった王城は日がよく入るわりに雰囲気は暗い。名だたる人物が病気で倒れ、不運に遭遇して地位を他に譲って去っていったからだ。

「この国は呪われているのでは？」

「東北の怪異も鎮められず、何かあるのでは」

先行きを不安視する話題は、貴族階級より上層でこそ多い。庶民階級では商売がやりやすくなって数年まえより活気が出てきていた。

そんな薄暗い空気をまったく意に介さず、闇神は白い王城を我が城とばかりに堂々と歩いた。

私的な門をくぐり、裏側の通路を使って招かれた客人である闇神を案内する従僕は、馬車から降りてきた闇神をひと目見てから挙動がおかしい。

闇神は黒色の礼装に、黒色のケープをまとっていた。フードを背中に落とし、金色の髪はひとつにまとめず胸元まで垂らし、毛先は自由に跳ねている。

六人も入ればいっぱいになる小部屋での謁見は、床に片膝をついて控えている闇神が、許しを得て顔を上げ、国王の青色の瞳と目が合ってすべてが完了した。

国王は『親書』を渡した相手だとも知らず、あっさりと心を奪われ、

「そなたの意見は聞くべき価値あるものが多くある。我がそばにて我が心を悩ます物事への助言を頼めるか」

「仰せのままに」

闇神は数日のうちに国王の私的な相談役としての地位を用意された。

じわじわと知る人ぞ知る人物となっていたが、国王の急な抜擢に異議を唱えた者たちも、王城で王のそばに立った闇神と対面すると、口ごもった。

王城で『相談役』として暮らす一室をもらい、郊外にある信者たちが用意した屋敷と行き来しながら、闇神は一年その地位で地固めをした。

（さすがに国王の近臣となっては天神の信徒から隠れるわけにもいかぬな。そろそろ眷属たちの遊びも終わりとするか……）

そう考えていたころ、ケリーのいる男爵領へ潜ませていた者たちから快復の兆しがあると手紙が届けられた。

（そうか。いよいよか。いよいよケリーと会える。ケリー）

どれだけ国政が通りやすくなるよう邪魔な者たちを掃除したか。

昔のままの法律を現代に合わせてどう変更に手を加え、賛同者を集め、その変更案を適用させるよう戦ったたか。

それだけでなく、民間への梃入れを数年の長期に渡りおこなってきたことなど、これまでのことを自慢したいくらいの気持ちだ。

そう、これらの手柄は王家にはない。

ケリーが復帰してきても王家に対する忠誠を捧げたくなるほどの輝きは王家にはない。むしろ真夏の雑草くらい萎《しな》びているだろう。

政策は国王の承諾を得て発令されはするが、闇神の信者たちが裏で動かしているのだ。表の功労者はいるが、信者たちの意に沿わない行動や言動をする者たちは脇に退けられていく。

古くからいる官僚たちや上級貴族たちはどうしてこんなことになっているのかと頭を悩ませるだ

ろう。

だれが知るだろう。王家に権威が増すようにと国王が数年前に地底世界の神に『親書』をしたため、それを前々世から闇神の花嫁である若い近衛騎士に遣わせたことによる楔が招いたことだと。

その近衛騎士が母国によい国であってくれと願ったからこそだと。

(ケリー。私の花嫁。会えばもうそばから離さぬぞ)

闇神は昂ぶる気持ちを抑えようと両目を閉じた。

余談　その後の娘

闇族の青年に嫁がされた人族の娘は商家の次女であった。

神の時に求められた娘は、人族である以上神からのお召しを避けられるはずもなく行為自体は受け入れたが、そのまま神の花嫁となって地底世界で暮らすことは受け入れなかった。

地底世界での嫁ぎ先は思っていた以上によい環境に見えていたので、闇族の青年を夫にできなかったのは残念ではあった。

（地上に戻ろう。ここではだめだ）

闇神が去ったあと、闇神が残したほの明るい光を発し続ける小さな岩を手の平にのせて娘は思った。

地上に戻ったところで実家に匿《かくま》ってもらえる保証はなかった。

それでもこのまま朝を迎え、昼に闇神神殿に花嫁として連れていかれるわけにはいかなかった。

娘は地上の人族であり信仰の対象は地神である。

たとえ闇族の男に政略結婚で嫁いだとしても、周囲の目があるのでかたちだけ闇神を信奉する振りをしたとしても、心は地神にある。

人外の美しさをもっていた闇神の人型に心まで奪われはしなかった。それでも長い期間一緒にいれば情を移してしまうだろう。

そんな自分は受け入れがたい。

そうなるまえに。何もかもが遅くなるまえに。


使用人兼護衛として付き添ってきてくれた壮年の男と、赤ん坊のころからの付き合いである侍女を夜の寝室に呼びつけ、闇神の残した岩を見せて事態を説明した。

「おひいさま」

震えて涙を目にためた侍女を抱き寄せ、護衛の男に三人での逃走準備を指示する。

「よいのですか。このまま神の花嫁となるのも名誉なことですよ」

「畏れ多いことです。ただの商家の娘には重すぎる荷です。重荷に殺されるまえに地上へ逃げたいのです。協力してくれますか」

「あなたが傷つけられるというのなら、守るのが使命です。わかりました」

三人の沈痛な表情を真っ暗な部屋の中、光る岩だけが照らしていた。

ただ、娘は頭の中で次の次のことを考えていた。

(この遺物は地上へ持って帰ろう。父への言い訳に役立ってくれるだろう)

ある意味、娘が箔をつけて帰ってきたのだ。

父は、より地位の上の者に娘を嫁がせることを考えるに違いない。娘としては変に祭り上げられたくないので神殿関係者はお断りだが、地上世界で嫁ぐ先があるならそれに越したことはないと思う。

娘は自身が望んだ以上にうまくやった。

地底世界での結婚式に参加するべく馬車をならべて闇の洞窟へ向かっていた実家の一行と遭遇したのだ。

むしろ闇神に一夜といえど愛され、その身に祝福を賜ったと考えるべきだったろう。

地底世界との鉱石取り引きの繋がりがほしかった父は、結婚式を捨てて帰ってきた娘に怒ったものの、その帰還理由と発光する岩を見せられると口を閉じた。

「これはなんと……難しいことになった」

娘を地底世界の家に突っ込む計画を実行する男でさえ、神が絡むとたじろぐ。

「おまえはどうしたい？」

「神に愛されるなど、人族の平凡な女には荷が重いことです。できますれば、地上の殿方に嫁ぎとうございます。神から離れ、私を妻としてだけ扱ってくれる殿方がよいです」

旅の宿で父とふたりきりとなり、事情を説明する。

やはり神が闇を払うために創造した小さな岩は、娘の話に信憑性《しんぴょうせい》をもたらしてくれた。

「……そなたに神の子が宿っていないのならば、ご身分ある方に嫁がせることもできそうだがな」

思案げに父が言う。娘は背筋がぞっとしたが、目に気合を入れる。

「子ができていたならば、私も覚悟を決め神に嫁ぎます。ですがそれがはっきりするまで、夫候補は地上の、普通の殿方を探してほしいのです」

「ううん」

父はいろいろ案が浮かぶのか煮え切らない返事を零した。

それでも洞窟への旅は引き返すことで合意して、本店のある領地に帰ることになった。

(父の動向をよく見て、私も、もしもに備えなければ)

政略結婚までは素直に従ってきたが、あの神の時の一夜が娘を一変させていた。

無意識ながら『自分は神に愛された女だ』という事実が揺るがぬ自信となって、彼女を行動的にさせていたのだ。

(すでに一度、父の仰せのままの相手に嫁いだのだから、二度目は私の希望を優先させよう。希望に叶わぬ相手ならば、その兆候があればもはや父の指示には従うまい。隣国に嫁いだ従姉をまず頼り、もっともっと遠く離れた国へ逃げよう)

妊娠の兆しがないまま三ケ月後。

娘は地底世界にまで付き添ってくれていたふたりを連れて国を出た。

果敢かつ大胆な家出だった。

その先々で父からの追手を振り切り、ある中央にある小さな王国の織物職人だという青年と出会って再婚した。

その結婚式は地神神殿の元でなされ、闇神の寵愛を得たため地神より祝福されないのではないかという懸念を肩透かしするほどあっさり通って終わった。

ただ、祝宴が終わって数日後、地上の男の花嫁となった娘が小箱を開けた。なにか虫の知らせのようなものがあったのだろう。

この地までずっと持ち続けてきた発光する小さな岩が割れていた。


その後、娘は職人の夫を支えて所帯を維持し平凡な主婦で、母で、女として生涯を閉じた。

百年ほどして、娘の魂は地上世界のとある騎士爵を得て立身出世した男を父に、男爵家の三女である女を母に、その家の次男として転生した。

騎士爵は一代限りであるため、長男が騎士になるべく鎧や剣、馬を買い与えられていた。次男までも騎士にするべく装備や馬を用意できるほど家が豊かでないため、騎士に憧れていた次男はその夢を断念するしかなかった。

(……いいなあ、兄上は。私も騎士になりたかった。家族と国を守る騎士になりたかった)

次男はせっせと勉強をし、文官の学業を修めて王都の小さな部署の一角に就職できた。どうにかこうにか騎士爵を得るまでの兄の苦難と苦労を思えば、次男の人生は安定した収入のある平穏さを描いていた。

それでもやはり、鈍い色を光らせ鉄臭い鎧をまとう騎士たちを、次男はいつだって憧憬《どうけい》した。

上司から紹介された文官を父とする娘と結婚し、子供たちを教育して、次男はそのまま平凡に人生を閉じた。

闇神の花嫁だった娘の前々世をもつ魂は、長らく転生せず宇宙に揺蕩《たゆた》っていた。

しかし、花嫁だった娘が逃げ延びた地の国であり、前世の文官だった人生でその治世を陰から支えていた国の侯爵家で新たな器が誕生しようとしていた。

貴族社会において高位貴族の家の生まれで、騎士を望める環境であった。

前世の騎士を望んだ記憶が残滓となっていたのか、背を押されるようにして魂はゆらゆらと進んだ。魂と器は一合を果たし命という熱量を得て地上世界に誕生した。

ラードリュー王国ロアンシュール侯爵領をもつラルスランス家の三男であるその赤子は、数日してケリーと名付けられた。

裏登場人物紹介

zenzense kara kimeteita

CHARACTERS

ケリー

（前々世からの花嫁。）栄えある近衛騎士。
愛される運命。しかし神の愛は一方的なものである。
だから出会ってからずっと病んでいた。

闇神／ラドネイド

地底の箱庭世界の門番神。
見慣れた闇族とは毛色の違う人族娘に、
眠っていた三大欲求のひとつが目覚める。
さらに逃げられたことによって失望という
深い傷が岩に刻んだごとく残ってしまう。

オリオ

ケリーの従者。
性的被害者の主人にどう接していいものか
ずっと悩んでいた忠義者。
主人にいいご友人ができたと安堵している。
なお、そのご友人。

CHARACTERS

国王

ラードリュー王国の国王アンドリュードおじさん。
権威を取り戻そうと地底の神(闇神)に望んだら、
闇神の逃げた花嫁である近衛騎士を
派遣してしまって、闇神そのものが顕現。
(地上に闇神の関心を得ることには、じつは大成功していた)
その闇神に「騎士の花嫁がこの国の安寧を願っているから、
腐敗しているやつらころころしておくね」と
貴族や富豪たちが続々事故死や病死。
ついには自身も不吉な雷(天神からの怒り)が
王城に落ちたことを糾弾されて
息子に強制退位させられちゃった。

地神／マルコ

地上の箱庭世界の門番神。神々しい農家。

天神／サルバル・ドンス

(三つ子の太陽神から放置された)天上の
(虚無しかない)箱庭世界の門番神。
他の太陽神から関心をもたれてデザインされた
地上と地底が憎らしい。

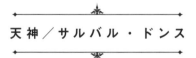

この作品に対する皆様のご意見・ご感想をお待ちしております。
おハガキ・お手紙は以下の宛先にお送りください。

【宛先】
〒150-6019 東京都渋谷区恵比寿4-20-3 恵比寿ｶﾞｰﾃﾞﾝﾌﾟﾚｲｽﾀﾜｰ19F
（株）アルファポリス　書籍感想係

メールフォームでのご意見・ご感想は右のＱＲコードから、
あるいは以下のワードで検索をかけてください。

アルファポリス　書籍の感想　検索

ご感想はこちらから

前々世《ぜんぜんせ》から決《き》めていた 今世《こんせ》では花嫁《はなよめ》が男《おとこ》だったけど全然《ぜんぜん》気《き》にしない

みやしろちうこ

2025年1月20日初版発行

編集－飯野ひなた
編集長－倉持真理
発行者－梶本雄介
発行所－株式会社アルファポリス
〒150-6019 東京都渋谷区恵比寿4-20-3 恵比寿ｶﾞｰﾃﾞﾝﾌﾟﾚｲｽﾀﾜｰ19F
TEL 03-6277-1601（営業） 03-6277-1602（編集）
URL https://www.alphapolis.co.jp/
発売元－株式会社星雲社（共同出版社・流通責任出版社）
〒112-0005 東京都文京区水道1-3-30
TEL 03-3868-3275
装丁・本文イラスト－小井湖イコ
装丁デザイン－フクシマナオ（ムシカゴグラフィクス）
（レーベルフォーマットデザイン－円と球）
印刷－中央精版印刷株式会社

価格はカバーに表示されてあります。
落丁乱丁の場合はアルファポリスまでご連絡ください。
送料は小社負担でお取り替えします。

ISBN978-4-434-35135-8 C0093